愛默生家的惡客

木心作品集

2008年於烏鎮

爱默生家的恶客

由于读书太少，至今尚未见过有人专写"沮丧"的文章。李清照写了一些，近乎凄凉。她的文字技巧太精致，即使连用叠字，还是敲金戛玉，化不了沉沉奄奄的心态气氛。宋词是种乐文学，类似意大利的美声唱法。 安得列·纪德写过一些，那是慵困颓唐，是心灵的生命在蜕变、作蛹期，年轻诗人必经之路上的一站，没写长也没写深，谅来纪德不存心去写"沮丧"，用了沮丧这个词，主意却在别处。 西班牙作家中已经是很忧悒，英国作家中有几个可说是多冥想的，阿克林·司密斯惯于伤感，还不致沮丧，和马拉美一样纯情，是着色，不是褪色。

大概因为人在沮丧中时，拿不起笔，凝不拢神，百无聊赖，都嫌烦，嫌多余——可见文学作品都是成于"沮丧"还未来到时，或者

手跡

編輯弁言

木心的文章總是空襲式的，上世紀八〇年代他的《瓊美卡隨想錄》、《溫莎墓園》、《即興判斷》……曾那樣空襲過台灣不同世代即使最挑剔的讀者。一如葉公好龍，神龍驟臨，讓我們驚駭、感激、困惑、羞慚……像舉手遮眉抬頭望向天際，這些穿透二十世紀的文明劫滅或藝術心靈隳壞的灰色長空，如自在飛花，卻又如旋風如光燄爆炸的詩句，究竟從何而來？

他像是來自遙遠古代的墜落神祇——在某個意義上說，木心的那個世界，那個精緻的、熠熠為光的、愛智的、澹泊卻又為美為精神性叩問而騷亂的世界，在他展開他那淡泊、旖旎的文字卷軸時，早已崩毀覆滅，「世界早已精緻得只等毀滅」——他像一個孤證，像空谷跫音，像一個「原本該如是美麗的文明」之人質。有時悲哀沉思，有時誠懇發脾氣；有時嘿笑如惡童，有時演奏起那絕美故事，銷魂忘我；有時險峻刻誚，有時傷懷綿綿。

我們閱讀木心，他的散文、小說、詩、俳句、札記，如織如梭，難免被他那不可思議廣闊的心靈幅展而顫慄。我們為其全景自由的洞見而激動而豔羨，為其風骨儀態而拜倒而自愧。他是結結實實的懷疑主義者；他博學狡猾如狐狸，冷眼人世，似與老莊、希臘賢哲、魏晉文士、蒙田、尼采、龐德、波赫士……在一穿過人類文明曠野的馬車，蹦跳恣笑、噴煙吐霧；卻又古典柔慈在童年庭園中，以他超前二十世紀之新，將那裏脅著悠緩人情，戰爭離亂，文明劫毀之前的長夜，某些哲人如檻中困獸負手踱室，卻一臉煥然的光景，像煙火燒燎成一個個花團錦簇的夢。

此次印刻出版社推出之「木心作品集」，是目前為止海峽兩岸木心文集最完整之版本，其中《詩經演》一部，應可一慰讀者渴慕之情。哲人已逝，這整套「木心作品集」的面世，對我們，或如漫遊一整座諸神棲止的嚥語森林，一部二十世紀心靈文明墮敗與掙跳，全景幻燈，摺藏隱喻於他翩翩詩句中的整齣《紅樓夢》。

目錄

輯一

圓光

無論東方西方，美術中顯形的神主、聖徒、高僧，頭上必有圓光。東方的繪畫雕塑，注重正面造型，圓光的安置總能妥帖，從而愈演愈繁，層出不窮的所謂法輪寶相，華麗無比。西方則不然，簡單一圈或一片，從不考慮裝飾，就整體而言，倒也純淨悅目；無奈事情發生在西方的繪畫雕塑不滿足於正面，還要作側面半側面的造型，這一側，圓光勢必要隨頭部之轉而轉，轉成了橢圓的鐵環銅盤狀，臨空浮在頭頂上，非常之不安——這還算什麼神靈之光，委實滑稽，刺目的滑稽。

中古世紀的造型藝術家，在西方大概也還不知空間是幾維度的，光是幾進向的，然而已經用上了解剖學和透視學；而這頭上的光卻不符物理的常識，夾在與解剖學透視學原理無誤的形相裡，愈發顯得格格不入，所以才會如此滑稽刺目。無論如何總是功虧一簣美中不足的了。而且分明在諷示：凡神主、聖徒、高僧的頭上的圓光都是假的，彆彆扭扭硬裝上去的——自然真理的嚴厲一瞥，警告藝術家不要胡來，然而這能怪藝術家麼。

我之所以一直還不能成為西方宗教的信徒，也許就是因為看到了這個貽笑大方的破綻。萬能的全能的主啊，這個破綻實在不體面，使無神論者更加振振有詞了。我之所以一直還不能成為東方宗教的信徒，也許就是因為看到了法輪寶相的過份華麗，這樣的精緻豪奢，光彩奪目，叫人怎能靜得下心來，低頭瞑目也亦然眼花撩亂的。

這不過是「滑稽」。還有別的，可說是近乎「淒慘」。

稍老一輩的中國文人，皆知弘一法師其人其事。李叔同先生博涉文學、音樂、繪畫，尤擅書法。早年演劇，反串「茶花女」。想必他東渡日本留學，翩翩濁世佳公子，稱得上一代風流的了。想必出國前已成家室，所以歸國之日，攜一日本女子回府，原配夫人鬧得個煙塵陡亂。據說李先生就是因為調停乏術，萬念俱灰，快速看破紅塵，孑身潛往杭州虎跑寺剃度受戒。兩個妻子火速趕來，丈夫已經坐關了。坐關是自願的禁閉，由當家和尚親手在斗室的門上貼好封條，到期方可啟封出關，飯盂水罐從一小窗口遞進遞出。當時李家兩位夫人在「關」前雙雙跪地嚎啕，苦求夫君回心轉意……一天一夜，裡面寂然不答半句話——此心已決，誓不回頭，弘一的堅定徹底是值得欽敬的。

世伯趙翁，是弘一法師的好友。某年我去叩賀趙太夫人的華誕，看到弘一法師手抄的一部金剛般若波羅蜜經，是特地奉贈給趙翁萱堂的。我實在佩服他自始至終的一筆不苟，不揚不萎，墨色也不飽不渴。佛經中多的是相同的字，寫得宛如獨模所鑄——書道根柢之深，倒是另一回事，內心安謐的程度，真是超凡入聖。這種純粹的境界，我是望而生畏的。俯首端詳這部手抄的經典，說不出的歡喜讚歎，看得不敢再看了。

平時多次在富家豪門的壁上，見到弘一法師所書的屏條。字，當然是寫得一派靜氣。然而我有反感，以為出家人何必與此輩結墨緣，就算理解為大乘超渡普救眾生，我也還是覺得其中可能有討好施主的因素在。藉此而募化，總也不是清涼滋味——我發覺自己很為難，同情出家人的苦衷比同情俗人的苦衷更不容易。

趙老伯是著名學者，大雅閎達，卓爾不群，自稱居士，釋儒圓通，境界也高得可以。某日相隨出遊，品茗閒談，談到了弘一法師示寂前不久，曾與他同上雁蕩山，並立岩巔，天風浩然，都不言語。自然是澄心濾懷，一片空靈。而人的思緒往往有跡象流露在臉上，趙老伯發現弘一的眼中的微茫變化，不禁啟問：

「似有所思？」

「有思。」弘一答。

「何所思？」

「人間事，家中事。」

趙老伯講完這段故事，便感慨道：「你看，像弘一那樣高超的道行，尚且到最後還不斷塵念，何況我等凡夫俗子，營營擾擾。」

當時我是個不滿二十歲的青年，卻也深有觸動，所以至今記憶猶新。趙老伯素來恭謹，從不臧否人物，皆因父輩至交，才會在世侄面前說此一段往事，恐怕除了那天純出偶然地對我談過之後，從此不復為外人道，因此值得追記。我視之為舍利子。

趙老伯敏於感，勇於問。弘一法師率乎性，篤乎情；如若他答以「無所思」，或以梵諦玄旨作敷衍，那是多麼可怕，虛偽是卑汙的。而弘一法師就能坦呈直出，這是了不起的，是永遠的靈犀之光，比那裝飾性的炫光，比那如圈似盤的鈍光，更使我難忘。我對弘一法師的任何良與不良的印象都可以取消，就只保存他這句示寂前不久吐露的真聲。多少嚴閉的門，無風而自開，搏動的心，都是帶血的。

記得我沒有問趙老伯當時聽到弘一法師如是回答的剎那間，弘一頭上有無出現圓光，因為我知道必是有的——並非世伯和世侄的感想不盡相同，而是完全不同，這樣的「代溝」，有比沒有好。

這不過是淒慘，淒慘而明亮。更有一種圓光，可說是近乎殘酷，殘酷而昏暗。

夜晚，幾個朋友在小酒吧一角絮絮清談。

研究生物物理學的喬奇說：「人體本身不停地發著某種光，天賦特異功能者其光度較強，有時肉眼也能看見這種紫的青藍的毫芒，頭部更覺得明顯些。」

對不明飛行物最感興趣的松田說：「外星球體來客所穿的宇宙服，那個頭盔，就是古代雕刻壁上的神像的圓光，在埃及、墨西哥、俄羅斯，都能看到，古代人憑記憶、傳說，作了概括的圖像。」

從事繪畫雕塑的歐陽說：「以圓形襯托頭部，可以使觀者的視線集中到人物的臉上去。」他又笑著自白：「我的頭，也一度有過圓光。」

大家疑惑，歐陽微笑不斂，慢慢道來：

「二十世紀末葉，某國，某十年，發生了某種類似宗教異端裁判庭的事件。我本來也不好算是異端，卻因某件浮雕的某一細部受人指控，轉瞬就被關押起來。一間大約二十平方公尺的屋子，三面是牆，一面是鐵柵欄，容納五十餘人。白天坐著立著，人際有點空隙，夜間紛紛躺下來，誰也不得仰面平臥，大家都得直著腿側身睡，而腹貼前者之背，背黏後者之腹，悶熱如蒸的夏夜，人人汗出如漿……這且不談，單說那頭上的圓光的發生吧！

「漫長的白天，老少中青濟濟一堂，凡資深者才有機緣靠牆而坐，新來乍到的呆在中區，無所憑藉，腰瘦背痛，更覺日長如年。監章規定：不准洩露姓名和案情，不得導聽旁人之案情和姓名。我牢牢記住，堅不吐實，亦毫無興趣與人攀談。兩個月之後，我僥倖得了靠牆而坐的資格，果然對腰背大有幫助，簡直是一種享受。而且眼看別的囚徒，竊竊私語，頗不寂寞，所以當那個緊挨在旁的白髮長者第三次低聲垂詢：『閣下所為何事？』我就輕輕答曰：『雕塑闖了禍。』長者大喜，原來他自以為遇到同道了。他是一位頗有聲望的美術鑑賞家兼畫家，偎著我的肩溫存耳語：『不要灰心！不要灰心啊。』我反問：『你怎知我灰心了。』長者幽幽道：『從神色看來，你走藝術的路走累了，又不願走邪路，只好洗手不幹。』我覺得他有點眼光。長者又言：『看我這把枯骨，還要畫，畫到枯骨成灰，骨灰還可做顏料。你年輕一半，不要灰心！』我反駁：『畫到死，雕到死，有什麼意思。』『對啊，然而別的，更沒有意思啊。』這倒真是一語道破，我已經雕塑了如許年，再改做別的事？還沒有去做已經覺得比雕塑更沒有意思了。不禁側首看了長者一眼，白髮如銀，他詭譎地微笑著問我：『做過浮雕的佛像嗎？』『做過。』『那頭上，腦後，有圓圓的一輪？』『佛光。』長者吸了口氣：『你知道是怎麼來的？』『天生天賜。』『不見得……你看，看對面那些坐著的人的頭！』一經點破，我頓悟了——一個一個人頭的後面，果然都有圓暈襯托，那是許多來過這裡的人的頭，不斷地與塗著一層石灰的牆面接觸，頭垢染出灰褐色的圓暈；人高矮不一，你摩我擦，合作出來的圓暈，其大小與正坐在那裡的人的頭之比例，恰如一般畫像雕像上的莊嚴佛光。而且到了這種地步的人，一進監房就得強行落髮，時值盛夏，大家都赤膊，靠牆盤腿趺坐，那圓暈、那禿顱，儼然十八尊大阿羅漢，只多不少——我笑出聲來！服了那長者對付苦難的必不可少的幽默，何況這樣的印證已遠遠超乎幽默之上。

「長者見我領會到了，便十分欣慰，精神為之抖擻，從此我們成了忘年莫逆之交。」

歐陽也從我們幾個聽者的眼神和笑聲中得到了他所需要的讚賞。

大家拿起酒杯，不知為什麼而乾杯，也都乾了。

草色

已經很少人讀愛默生的詩文了，我還是喜歡讀，就是不願讀那首非常著名的〈悲歌〉，寫的是他的幼子之死，愛默生的兒子與我何干，詩又長，「長」字和「詩」字連在一起是不堪設想的。

巴黎的友人來信催：

「寫嗎？你趕快寫啊！重新粉墨登場。」

隔了個大西洋，友人不明我的處境，在這間不是自己的屋子裡，舉目無書，辭典也沒有。

回信巴黎時，我寫道：

「這裡什麼也沒有，記憶力也沒有，美國之大，對我是個荒島，『星期五』也沒有，我如今是『文學魯賓遜』……」

但我有個房東，他是愚人節的明星，萬聖節的寵物，每次付租金給他，他異常興奮，狀如接受我的恩賜，見他的心情佳，我說：

「你有什麼書可以借給我麼？文學的、哲學的、掌紋、不明飛行物……除了烹飪、育嬰，其他都可以。」

我聽信依修午德的話，他能發現一位交通警察會畫水彩畫，我為何不能找出一位肉店老闆會寫十四行詩。我的房東為什麼不可能是藏書家。翌日，果然送來兩本書，一本 *Art of Loving*（by E. Fromm），是愛就一句話也不用說，愛是文學所不達的。我不想看。第二本 Emerson 的詩集，此集中堪讀的早已讀過，少數尚能記誦，那就逼得我非唷這首悼亡之作不可了——一邊讀，一邊回憶起另一個在人間走了沒有幾步路就永遠消失了的可愛的孩子。

男人也有嘉年華，我十五六歲時，至今猶不能不承認當時的善於鍾情，我鍾情於一對夫婦，男的是軍官，女的是閨秀，男的膚色微黝而潤澤，軀體遒健，臉是羅馬武士的所謂刀削似的風情。他的眉眼就是戰爭，他的笑靨就是戰後的和平。女的恰好是頎長白皙，瑩潤如玉，目大而藏神，眉淡而入鬢，全城人都不住地驚歎她的柔嫩，我知道歷史上有過美子被眾人看死的事，真恨這麼多的人不罷不休地談論她，她要被談死的。

這對夫婦來我家作客，我視同慶節，單單是他的低沉而甜美的嗓音和她的清脆婉轉的語調，就使整個客廳又溫馨又幽涼。

軍官夫人天性和悅，色笑如花，隱隱然看出我對她的崇敬，在談話中時常優惠我。軍官才智過人，他明白我的癡情，悄然一瞥，如諷嘲似垂憐，偶爾對我有親暱的表示，我決然迴避——知道自己的愛是絕望的，甘心不求聞達，也無福獲得酬償。愛在心裡，死在心裡。

一年後，他們帶來了男孩。

三年後，那男孩的出奇的可愛，人人都看見了，人人都道從來不曾見過如此聰明美麗的孩子。但是我想，唯有我能看出，他是如何機巧地把父親的雄偉和母親的秀雅調融得這樣恰到奇妙處。父、母、子三個都不是神仙，在形象的價值上，對我卻是一部終生難忘的傳奇，後來確實沒有遇到過這樣的三位一體。

孩子有母親瑩白細膩的膚色，因為幼稚，更顯得彈指欲破的嬌嫩，幸好由他父親的剛性的輪廓蘊在內裡使這姣媚成為男孩的憨孌，使人無從誤認他為女孩。中國人真是愚蠢，往往把長得貌似美女的男人評為傻物，而把充分具有男子氣概的人視為粗胚。那軍官的美，便是為當時人所忽略的，至多覺得他神氣、威嚴，卻全不見他的昳麗，他的溫茂，獷野中絲絲滲出的柔馴。而軍官夫人的美是一致公認的，孩子的美也是見者無不稱異稱羨。以拉斐爾的筆致之柔，達文西的筆致之精，都沒有一次能把孩兒的美表現在畫上，所見的小天使，童年約翰童年耶穌，無一足以使我心許為美，就是和他們自己所畫的別的少艾婦女來比，在美的高度純度上也是不相協調的。完全可以斷言，全世界古今所有畫家都不勝任畫小孩，小孩是比花和蝴蝶更無法著筆的，因為我見過那軍官夫婦的孩子，他的美足以使任何畫家束手，他的笑容尤其使我狂喜、迷亂——所謂美人，是以他或她的笑來作終極評價的，美的人笑時將自己的魅力臻於頂點，這是真美人。反之，平時很美，一笑反而不美，這就不是真美人，這個「美中不足」太大，太嚴重，致命，否定了他或她的原有的功能和價值。

這孩子除了各種極美的笑容，他哭，他怨，他惱怒，他淘氣，表情全都異樣的魅人，尤其是哭，即使涕淚滂沱，也是別具風韻，甚至使我想到「沒有比他的哭相更好看的了」，當然我不敢惹他哭，他一哭我就大慌大忙。他睡著了，我呆呆地守在枕旁，用目光愛撫他的臉，他整個完美的身，幼小的埃特美恩，希臘神話真是知人心意，以為最美的人最宜於睡著讓人觀賞，只有希臘的智慧才懂得體貼美，體貼愛美的人。形象確是高於一切，人類除了追求形象，別的也真沒有什麼可追求——我在少年時，本能地得到的就是後來用理性證實的美學觀念，知識並沒有給我什麼額外的東西。

因此，安徒生嘗到過的嘗夠了的「自慚形穢」之苦，當時同樣弄得我心力交瘁，真願和光同塵不復存身。後來我在這一點上深深同情米開朗基羅和托爾斯泰，終生飲這推不開的苦杯。再多的藝術成就也補償不了他們至死方休的憾慟。

每當這一家三人翩然蒞臨，燈明茶香，笑語融融，我不過是小主人，一個可有可無的配角，一個暗中的戲迷，悄悄地發瘋。自從有了美麗的小客人，我得救了，把對他的父母的情愛轉匯到他身上。在軍官夫婦的面前，自尊心使我誓不洩漏心裡的潮聲，禮節又形成重重隔閡，少年人對成年人的天然的恐懼，使我處處有所戒備。自從孩子來了，我便能以孩子之心與之親近，背著他去花園登假山，偎著他講故事，逗樂了，他會吻我，摟著我的脖子命令保姆「走開走開」，我是勝利者，他父母信任我：「給你了，別累著你！」我自然明白這是一本借來的書，到時候，就得歸還。

半年好韶光，三五次的翩然蒞臨，是我少年時代的最佳回憶。我有一個乖戾的念頭：如果這孩子面臨災禍，我可為之而捨身，自認我這一生那樣也就完成了——這是一個被苦於無法表示的愛，折磨得嫉妒陰慘酷烈的少年的怪念頭，不知世上有沒有另一個人也曾如此經驗，如有，我是欣慰的，若無，我也欣慰，因為我已證明了人是可能具有無欲望無功利觀念的單純的愛，即使只是一念之誠，確實是有過，而且不諳世故的少年人可能會去實行的。

此非傳記，我不寫出那軍官一家三人的姓名。這不是小說，我免去了許多本也值得編纂的情節。更未可說是我的自白，我殯殮了當年更淒苦更焦灼的不可告人的隱衷——可惜，也真可惜。平凡化了，也真是被我平凡化了，一半是由於我的宿命的無能，另一半是由於藝術的宿命的無能，試想如果用傳記、小說作湊泊，或者假借形容辭和韻律來匯寫三首詩，會是什麼？會像把水藻撈上岸來，全無生氣，不論是用自然主義、浪漫主義、超現實主義的手法都要牽連許多不屬於他們的美的其他東西。他們也一樣有缺陷，有壞脾氣，有心地不潔的一角，有莫名其妙的與他們的形相不一致的種種切切，我寫這些做什麼？藝術上有所謂殘缺美這回事，生活中則不然。標準美人又是最乏味，不可能有獨一無二美到沸點冰點的異人。世界性的選美活動是鬧著玩玩的，美不能上天平，有度量衡的地方沒有美。我少年時看到的一男一女一小孩，是三種美的魅力，正符合我的審美觀念，是幸事、是憾事，總之有這麼一回事。至今還覺得這三種魅力藉著回憶使我怦怦心動。人的形相之美難得有幾種被藝術家固定在藝術品上，人的肢體之美，以希臘雕刻表現得最如意，而人的面顏之美，藝術就無法留駐了。拜倫很明白一個英國鄉村少女的紅暈，有時真是比大理石的雕像更不可思議。拜倫本人的膚色就精妍得宛如雲石中點了燈（我相信司湯達爾不致言過其實，恐怕還是言不能過其實哩）。拜倫歎道：「榮名呀榮名，最後贏得的無非是醜陋的雕像一尊！」願世人不要迷信藝術，那不在藝術之中而在藝術之外的美，常有值得愛戀的。這樣才不致屢屢錯失歆享的機緣，不致老是用一隻腳在世上走路，為何不把另一隻完好的腳放落著地，瀟瀟灑灑地走到盡頭呢。

「人」和「藝術」一樣美；藝術純粹，人不純粹。倘若我把那軍官那夫人刻皮刻骨地寫下去，那將是咎由自取，所以我悚然停住。那孩子較為純粹，近乎藝術品，然而他隨著成長而混入雜質，像他的父母一樣不再純粹，甚至還不如其父母。

一個上午，有人來我家，報告那軍官的兒子急病，極危險！我立即要去探望，但他家除了醫生護士，概不會客——！

傍晚，有人來報：孩子死亡！

過了一年，記得是個雨夜，有人來我家，詳細地講了軍官夫人所乘的船被風浪打翻，她淹斃在船底下——屍體是撈到的……

我一心一意想像那軍官如何對待命運，聽人說，孩子病危時，他焚香點燭，跪在天井裡不停地叩頭叩頭，滿額血肉模糊。而妻子的死，沒有人告訴我他怎麼樣，只知他沒有死，沒有瘋，必然是過著比死比瘋更受不了的生涯。

我曾想：在他亡子喪妻的日月中，他需要我的愛，我能有助有益於他，分擔他不堪承受的雙重痛苦。

我又曾想到：誰能彌補他所失去的一切，我悉心服侍，日夜勸慰，無微不至地守護照顧他，也不能補償他的妻子兒子的愛，那是絕不相通的感情，我作為他的朋友也不是——所以我對於他是無用的，無意義的，無能為力的。

結果，我沒有去訪問他——生活不由人，帝王將相也都是生活的奴才。

從此我沒有見過他。也許又見過他一次，戰後，和平的街上，熙熙攘攘的眾人裡，有一背影極像是他，在我一剎那的呆望中不見了，如何尋找？

曾在一部墨西哥影片《生的權利》的利蒙達醫生的臉上重見那軍官的臉，然而只有三分之一的感覺，沒有構成羅馬武士的那種輪廓上的刀削似的風情，利蒙達醫生的笑，沒有那軍官笑得燦爛、甘冽。也曾在一部希臘影片《偽金幣》的畫家的情人的臉上重見那軍官夫人的臉，貌稍有所合，而神大有所離，軍官夫人更靈秀，清醇，她是一見令人溽暑頓消的冰肌玉骨清無汗者——為何有這樣的死？

從來沒有在別的孩子的臉上身上重見那軍官的兒子的美，所以我一直不喜歡小孩，我已經吻過世界上小孩中的傑出的一個，我不能愛不如他太多的那些孩子。後來我在熱帶愛過另一個與他不同類型的野性的男孩，那又是一回事了。

如此，終於讀完愛默生的〈悲歌〉，引起了同情和遐想——我的心中也有一個孩子埋葬著，四十年——這樣深刻的印象也要從旁提醒才又映現，可知我心中沉積的灰燼已是如何的層層疊疊，我終於會像超重運輸的船，禁不起風吹浪打，應該卸掉一些，從不自覺的薄倖轉為自覺的薄倖。

這樣想，反正是「草色遙看近卻無」，那孩子是「草色」，其父母也都是悅目的草色而已。我是也沒有近看過——為何活著的人站在死去的人的墓前說，「安息吧」，那是，除此之外沒有別的可說。

愛默生用詩情哲理來詮釋他的哀思，我並不感動，也不能含糊認同，只以為一度是他的兒子的那個小孩可能是非常值得愛戀的，如果我沒有見過這種迷人的孩子中的一個，我也不會隨便相信。真的同情也已經無甚意味，假的同情乃是卑鄙。

那個軍官已不知去向，那個曾經由他鎮守的城池已經換了一代人，即使那個來我家傳報噩耗的人還活著，也不復記得這些事。當時的風俗慣例，凡頭報是有賞的，不論報的是吉訊凶訊，都要給他吃好的食品，拿可觀的賞金，所以奔得飛快，喘著說著，而且很懂得加進恰當的形容詞。

你還在這裡

乍來美國之際，對紐約有個錯覺，以為時值高速世紀，地處世界金融中心，一定是瞬息萬變，每天都「所遇無故物」，作為卜居曼哈頓的紐約客，當然要「焉得不速老」了。

半年過去，事實並非如此。

路上的匆匆行人是記不住面目的，摩天樓、巴士站、商店招牌，我知道不會每天變花樣。但流浪人，總是浪而流之稍縱即逝的吧，不料每天上街，碰來碰去就此幾位眼熟能詳的星宿：一個矮小的老嫗，酒糟大鼻、瞇細眼、露骨的小腿、過寬的高跟鞋，有時塗了口紅，掛起項鍊。冬日逐陽光而立，入夏坐在陰影裡，滿臉固定的微笑，襤褸的衣裙，竭力求取端正，一旦醉倒，四肢攤開，也就是置儀態於度外了。早晨她多半是清醒的，難為她已認識了我，總是行禮招呼，不理她呢，實在也過意不去，還之以禮呢，又怕別人以為我與之有何干係。只有兩種辦法了：一是低頭疾走，二是繞道而行。兩者都不高明，最好是送她一點東西，要求她忘掉我，就怕因此而更其禮貌有加，扈從如儀，那就逼得我非離開曼哈頓不可。

另一個高大和善的老漢，衣著稱得上乾淨，一隻劣等六弦琴，與他的軀體比，弦琴顯得很小。腳邊有擴音器，然而彈出來的音樂還是極輕極輕，曲調是簡單到使我相信是他的創作，不過與他的淡髮淡眉淡鬍子很是相稱。白襯衫舊了就是淺灰，牛仔褲洗久褪成魚肚色——路人不覺得他的存在，他得不到錢幣，也不知改變方式。這怎麼行呢？

這兩個老人總是逗留在中央公園西邊的百老匯大街上。8AVE與57ST交道口則有另一種風格的乞丐：中年男子，魁梧，鬚髮濃密，手拿空罐，唱的是歌劇中的詠歎調，他全力以赴，聲淚俱下，可能是瘋了的，所以又沒人佈施。他也失策，把罐子當作歌劇道具用了，像擎著一個聖杯，忽上忽下，忽左忽右，如果我有心佈施，也真難將錢幣投入罐中，只能理解為他在為歌劇而歌劇：音量之宏，隔兩條街已使人感到歌劇開幕了。

乞丐、流浪人、賣藝者、遊手好閒份子，似乎模式繁多，最差勁的是上來向你討支菸。正牌的乞丐是討錢不討菸的。流浪人則不乞討，都是沉默如黑影，拖著不能說少的衣物，一輩子睡眠不足似的蜷縮在樹下的長椅上，渾身髒得不能再髒了，有時在地鐵車廂中劈面相值，其臭氣之辛烈，覺得是個奇蹟。

賣藝者確實各有千秋：一個青年，將木偶置於膝上，木偶向圍觀者打趣，即興挑逗，妙語橫生，大家很樂意投錢，有的被木偶挖苦調侃了一陣，反而高高興興走近去撒了很多角子。我覺得那木偶的面相很討厭，扁扁的，戴一副黑框眼鏡，鴨舌帽蓋到了眉毛，嘴巴特別闊，按發聲而開合。那操縱人自己天生一張忠厚溫靜的臉，毫無表情，以極小的聲音，通過手持的擴音器，變出一種響亮的古怪的聲調語氣，與木偶的面容十分相配，於是完全像是木偶獨當一面與人舌戰，大家被逗樂了時，操縱人也笑，笑木偶真聰明，真俏皮，應對如流——有這樣的智力，為何從事這個行當……忽然大家朝著我笑了，木偶在嘲弄我，因為我凝視操縱人的臉，想找出他為何要幹這個行當的原因——他的智力除了用在可笑的地方，還會用在可怕的地方，白天在這紀念碑下的小廣場上出現，黑夜他在哪裡？

就在這小廣場上，常有一個黑人，中年，瘦，赤膊，牛仔褲的闊皮帶上吊著些輕便武器，足登高跟黃皮馬靴。他不彈不唱不耍木偶，光憑一張嘴，滔滔不絕，幾乎不用換氣，其順溜、其鏗鏘，頗能使行人止步，特別是黑人最欣賞他的辯才，旁白幫腔，煞是鬧猛。某次同場另有一個矮胖的紅皮膚演說家，兩相爭雄，提高聲浪，滾瓜爛熟地各逞其能，黑脖子和紅脖子的筋脈條條綻出，我感到悲慘，走去小亭買紙菸了——奇怪的是圍著的聽眾出了神，忘了扔錢。得意揚揚的那個，如果他的目的在於自尊心的滿足，自尊心也真是多種多樣的了。

與此相反的是一個捲髮的年輕人，演奏電吉他，抒情。今天穿一身白，額頭上紮的也是白帶，明天換一身黑，額上紮的也必是黑帶。微弓著背，進幾步，退幾步。頭低累了就仰面，脖子瘦了便搖搖頭。似乎從來就是沉醉在自己的琴聲中的，天長地久，旁若無人。臉是正方形的，嘴唇曲線分明，雙目飽含著紅葡萄酒似的濃情，好不容易才瞟人一眼，圍觀的女人連忙接住眼波，他卻淡然暝斂，逕自彈他的琴。其形相、姿態、神色，與琴聲協調無疑。很多人將硬幣紙幣投在那打開的琴匣裡。夏季的陽光下，他汗涔涔下，聽眾也很著迷，女孩子愈來愈多，賣藝的捲髮人始終不浪費他深情的眼波……我的好奇心不在於他，而在於設想女孩子們的心態，她們投錢，她們呆等那紅葡萄酒似的一瞥，愈是難得愈是想得到，那街頭音樂家倒真像是悟了道似的，也許是偽裝的多情，女孩子們卻會說：即使偽裝的，也好。

夏季將盡，秋天還是這幾個人點綴在曼哈頓的繁華中心嗎？匆匆的路人我記不住，這幾個不同風格者，朝夕相遇，已是乏味了。然而如果其中有一個長期不見，又會感到若有所失，走了嗎，死了嗎——一旦重出現，我會高興，心裡說：你好，你還在這裡。

試問美國人

每讀四福音書，總有奇妙的新發現，這次也有。

當萬世師表耶穌基督要說一段不朽的箴言時，開頭總是：

「我實實在在告訴你們……」

口吻是那樣的熟悉，中國人說話，也常常是：

「老實告訴你……」

如果是用響亮的聲音說，那是事態已非常之嚴重。如果用輕柔的聲音說，那是將要透露一個謎底。

然而，這豈非等於：其他的話都是不老實的，不實實在在的麼？

我也歸納過，統計過，凡是用「老實告訴你」作引子的迴旋曲，十之八九是巧語花言，或是詐騙恫嚇，目的是勾引你或脅迫你說出老實話來。

那響亮的「老實告訴你」——本該早早提醒，卻偏要挨到一髮千鈞。那輕柔的「老實告訴你」——聽了之後，更加困惑不解，跌入謎中之謎了。

這當然不是指耶穌，耶穌永遠是例外。

據說馬丁・路德為純潔德國的語言建立過功勳，他是大焉者，我則小焉者地為一己語言之純潔，發誓在自己的口中決不出現「老實告訴你」。做到這一點也真不難，因為本來就沒有什麼老實不老實的。

這次重讀四福音書，注意到這位神人之子竟也一開口就是「我實實在在告訴你們」，不禁一楞……無論如何，我是不願對耶穌計較用辭的。倘若再以上述的論點加之於彌撒亞，那真是以凡俗之心度聖靈之腹。我倒不怕下地獄，因為地獄是沒有的。我更不怕上不了天堂，因為天堂更是沒有的。那自己瞧不起自己的時候，可算是最苦惱的時候。

美國是新大陸，突然的崛起，一股勁兒的上昇，全世界大驚小怪了。新大陸的地是靈的，靈地引來了別地的人傑，是別地來的人傑加上本地產的人傑，把新大陸愈弄愈靈了。古代大概是地靈然後人傑，現代大概是人傑然後地靈。美國就是如此發旺奔騰起來了。

到美國來定居的大人物真是不勝枚舉，逛一圈住一時的藝術家也多如過江之鯽，其中有一位德國客人，有一位英國客人，似乎十分關愛美國——試問美國人，可曾記得漢利希・海涅，奧斯卡・王爾德。時間是十九世紀。此二位遊客，曾對美國說：

「我實實在在告訴你……」

海涅是一隻羚羊，動作輕盈，在美國嬉躍了一陣就走了。王爾德是一隻孔雀，性喜開屏。他來美國的目的，是為了傳播他的美得不可開交的唯美主義。

一百多年過去後，如果此二位藝術家肉身復活，重遊美國，我想，還是會重複說出他倆當年說過的話。他們認為。對不起，在此所見所聞還是太粗俗，有待深深的教養，高高的文化，盈盈欲滴的赤子之心。

一百多年過去了，美國人早就忘掉海涅和王爾德。本世紀法國已故總統蓬皮杜在訪問中國的講演中，十分熱情萬分高興地提到了聖・瓊・波斯和克勞臺，兩位法國詩人早年曾來中國，曾寫過中國，言下之意，君子不忘其舊，中法友誼源遠流長，好一番雅人深致。蓬皮杜完全不知中國的政界、新聞界、文藝界，實實在在完全不知聖・瓊・波斯、克勞臺為何物——可見人不僅是沒奈何地健忘，且是沒奈何地無知，兩者相加等於什麼，也就不必細說從頭了。

不怪中國人不知道曾有此兩位法國老朋友，不怪美國人忘掉了此兩位德國英國老朋友。實在不應無知不該忘掉的東西有的是，連自己是個「人」這一大點，不是也常常公然表示不可知，常常堂而皇之的標示不可說的麼？

已是處在沒有話好說卻還得說上幾句的時代。莫泊桑寫過短篇小說之後，契訶夫想想不必寫了，再想想又還是寫了。

一朋友若有所悟地說：

「中國人重在吃，美國人吃是簡單，講究生活情趣，家裡擺點什麼，掛點什麼，門窗油漆一番，草坪上立個小雕像，很喜歡弄這些、那些。」

我聽了，也隨之而想想……果然，又不然。

以紐約五島而論，美國人的生活情趣，「實實在在告訴你們」，平均水準是不高明的，以其物質文明的程度來均衡，那是精神文化的程度很低落。且按「衣食住行」列說：

美國人以穿著隨便著名世界，這是很可以成為一種灑脫的格調的。然而美國人的此種隨便，往往不從風格上著眼，倒是表現了荒疏、懈懶、不成體統。如果能在隨便中知道如何配色，如何比例，狀如漫不經心，實則風韻別具，這無疑是很可愛的。而目擊的美國人衣著之隨便，不能不使人只能理解為患了審美常識不良症，要治還真不容易哩。

食，美國太差勁了。法國意大利中國，都各有基本的、傳統的佳肴美酒，甚至精煉到了近乎頹廢。美國人則拿來就吃，唯一的法寶是常備幾種沙司，東澆澆，西拌拌，舔嘴咂舌，心滿意足。「沙拉」的定義是被弄模糊了的，什麼都可以作成沙拉，我笑稱為「廣義沙拉」。新興的漢堡包之類，天！要快，要飽，當然可以立見功效；滋味、享受，那就見魔鬼去吧。餅乾沾牙，蛋糕不香，巧克力大敗於瑞士貨，食品中的防腐劑倒照例加個足足夠，吃這些東西，其實是在口服防腐劑，最後不用乳香沒藥也能自成木乃伊。

住，等級太多，只能就中等而言，似乎家家都在料理住屋的環境和室內的陳設，稍加辨認，便處處顯得不協調，東方西方古典摩登，錯然雜陳，各不得其所。幾乎家家都有去蕪存菁分別歸類之必要，如果紐約五島一半以上的人家幡然覺悟，立志要來一次傢具擺設大革命，將出現何等壯觀的場面，該廢棄的東西，可以堆成五座大山，堆得世界貿易中心的兩幢摩天樓黯然失色。

行呢，紐約市內交通不算太好，也不算太壞，巴士慢吞吞地行駛，滿目擦傷撞癟了的汽車來去飛馳，多數是髒得很，少數是髒得不堪——管它呢，只要還能發動，照樣用以代步不誤。可嘆的是地下鐵，昔日之光榮，今日之累贅，拆造太費事，將就將就吧，也算是個紐約的特色。可是理論上受得了，肉體上受不了，地面站，冬天冷得令人懷疑是否誤入了西伯利亞。夏季的地下站則燠悶如蒸烤箱，那站上的廁所之破敗齷齪，那站站皆瀰漫不散的尿臊臭，那進出口的鐵欄木柵，像監獄，像集中營，像……總之但丁、魏琪爾該來此一遊，如何？何如？與你們見過的場景有無二致——美國紐約的地下鐵，令人太息，令人哭笑不得，令人很快地衰老。

這是對紐約五島衣食住行的通論。紐約當然有少數精明於生活情趣的上帝的選民，談一談吧？不必。他們是出乎其大類拔乎其大萃了的，有太多的錢，有足夠的文化教養，已屬於為數極微的「世界人」一欄，不過是生於美國，住於美國罷了，何況又不常在美國，飛來飛去世界精華之地。就像蛋糕上的奶油堆花中心的一顆紅櫻桃，只此一顆——我們談蛋糕，不是談櫻桃。

工業、農業、科學、藝術、軍備、武器上的種種挖空心思的努力，加上空間技術、宇宙開發的膽大包天的壯志雄心，都不必與「生活情趣」扯在一起說。因為文明與文化不幸弄成了兩個概念，甚至悲慘地對立，甚至惡性地兩極分化。歐洲老矣，美國不老。歐洲疲憊了，動輒追憶往事，苦苦維持自尊心，法國人對外國人閉口不涉英語，外來者只好在氣惱中原諒其「法蘭西萬歲」的孩子氣。歐洲人的心態，普遍是沒落的貴族氣。美國本來沒有貴族，大財閥想學貴族也學不像樣。沒落貴族則更微妙，更難學了，所以不學也罷，還我山姆大叔本來面目。太平洋安全國家銀行裡出了個先知，未來學家漢克・柯恩振振有詞：太平洋邊緣地區將進入一個經濟輝煌的時代，影響力足以媲美十七世紀的歐洲，或希臘時代的地中海。歐洲如果再一味迷戀舊家史，勢將僅成為令人發思古之幽情的遊覽區，云云。太空資源將為太平洋區沿海的幾個國家捷手先得，云云。信不信由你，未來學家顯然信得很。然而，要談生活情趣之低落，那是一種先天的慢性病，花上個把世紀是治不好的。

試問美國人，可曾記得海涅，可曾記得王爾德。海涅說：美國家庭裡的女孩子，只會彈彈〈少女的祈禱〉，美國人的餐具俗不可耐，令人胃口全無，食不下嚥。王爾德說：你們太無知於美了，不是藝術摹仿人生而是人生摹仿藝術，你們看，自然也在摹仿藝術呢——他身披希臘式的淺灰長袍，佩戴淡黃色的紗巾，手執向日葵花，在通衢大街上高聲播道，旨在喚醒美國人——自由的女神必須是美的女神。

海湼是俏皮的，三言兩語，飄然回哈爾茨山去了。王爾德是狂熱的，虧他打扮起來，現身說法，我真服了他。充當先知可不是鬧著玩的，有例在先，要遭智者的嘲笑，愚者的憤怒，「釘他十架」，聲猶在耳——還好，雖然記者們覺得是白忙了半天，美國人沒有把王爾德請上十架，不過是圍觀了一陣，跟蹤了一程，就散了。

我在美國各大城市看到過不少歐洲名人的銅像，似乎各與其周圍環境全不相干地站在那裡，也不知當年置此一物，什麼動機，什麼象徵。例如曼哈頓林肯中心的百老匯大街路島上，樹叢裡立著但丁，我偶然發現，確有他鄉遇故知之感，不禁翹首動問：「但丁先生，您怎麼也來了，在這裡做什麼。」

無從查勘美國有沒有王爾德、海涅的紀念碑。但丁是名氣大、威望高，他的詩先美國而出現而存在，他沒有對美國作善意的諷諫，厚意的寄望，但美國人還是慕名而擇地起造銅像。不過，還是要試問美國行路人，有幾個經過這銅像下的美國男女，不看底座的銘文就能說出這個臉色陰沉的人是誰——但丁在紐約很寂寞。

我也只是在地下車站的強烈的尿臭中忽然想起海涅和王爾德（王爾德，我沒記錯，海涅，可能錯了，許是北歐的另一位詩人），想起了有個朋友說美國人講究生活情趣，想起了藝術家的命運與先知的命運有類似之處，想起了先知說話常以「我實實在在告訴你們」作冠詞。

如果又有先知到美國來，含笑道：

「我實實在在告訴你們，我沒有話要說。」

這是多有趣的事件啊，現在還不是時候。

現在繼四福音書後再讀使徒行傳，如果還有新發現，或可另寫一篇「試問某國人」。

菸蒂

走在路上，時常有人向我討紙菸，我總是給的。特別是清晨，店家還沒開市，有人向我討時，我有義不容辭之感。

給人以菸後，必為之點火，他會很高興，我想，人大多是可愛的，即使是最不良不堪的人，他在向我討菸這一瞬間，絕不是他最不良不堪的一瞬間，我何樂而不為之點火。

我經歷過菸的恐慌期，那時衣食問題同樣匱乏得像處於大戰的噩夢中，苦悶的心情，藉酒消愁則沒有酒，粗劣的菸葉也找不到，用茶葉、桑葉、珍珠米的鬚，都捲起來抽——那時倒反而沒有人向我討菸了，絕望使人明智，大概總是這麼回事。

有一次，我坐在公園的長椅上，吸著好不容易憑一己之真才實學弄得來的正宗紙菸，煙篆裊裊，悠然遐想……驀地覺著有人在對我作飄忽的監視，我注意了——不遠處有個頎長白皙的青年，垂目低手隱入樹葉中去。雖然我已解圍，也就此起身緩步出園，在園門口扔掉菸蒂，忽見有人弓身到地，拾了那菸蒂，湊唇猛吸——是他，那頎長白皙的青年。

雖然我至今仍是吝嗇的，而深悔當時更是吝嗇得可鄙，我該踩熄這菸蒂，遞一支完整的紙菸給他。

可是當時我的實際感覺是，看到自己吸過的菸蒂沾在別人的唇上時，說不出的噁心，使我掉頭疾走，倒像是我不看他，便是我的德行了。

這是一個菸蒂，還有幾百個菸蒂的場面使我也難忘卻。

因為菸草的難覓，便出現了「再生菸」，即是把菸蒂收集起來，進行複製，這必然是良莠不齊的雜種，價值在於其中含有名實相符的正宗菸草，比例再低，也勝於那些十足的贗品假貨。因此，「再生菸」的銷路是僅次於正宗菸的——街頭、路角，每個公共場所，就此出現了多少拾菸蒂的人。初始的拾法是用一個細長的鐵夾，俯身挾住目的物，再用手攫來，放入盛器。改良後的拾法是一根細竹竿，相當長，前端紮定一枚針，刺取菸蒂，百發百中，不必動輒鞠躬，輕巧得使人歎佩這些小智小慧的可悲可愛。

那是夏日的清晨，我經過一個廣場，夜間有馬戲團在此演出，吊架還豎在場中央。地上佈滿了觀眾扔下的許許多多菸蒂。平時不會看到這麼多的菸蒂散落在一個大面積上，所以在熹微的晨光中，如夢似真，形成了別緻的景觀……一個老頭兒，一個小孩從霧氣中走來，是乘早來拾菸蒂的。我忽然覺得他們頗有見地，常人是貪圖黎明前的涼爽，能多睡一刻就多睡一刻，這一老一小必定是夜間曾來實地勘察過，當時人眾，不能下手，馬戲散場後則燈火全滅，無法行事，他們想得對，只要起個大早，這千百個菸蒂是穩拿的。平時嫌菸蒂少，拾的人多，比捉蟋蟀還難，當此際，倒成了菸蒂多而人手太少了。

我走近他們，但見一老一小的臉上興奮之色可掬，似乎要把場上的菸蒂在別人還沒來搶拾之前全部由他們搜去。在此關鍵時刻，我提議先滿場掃，掃攏一堆，再帶回家去細細揀。老人欣然受計，但不忘對我上下打量一番，判斷出我不會有占功分肥的意圖，便吩咐小孩，快快去拿竹帚畚箕麻袋來，小孩掉頭撒腿就奔。

霧氣中傳來悠揚的喇叭聲。

灑水車，破霧而來……

垃圾車行將駕到，前導挹塵的灑水車例行繞場一周。

小孩扛著竹帚趕至廣場邊上，站住了。

夜露和晨霧使地面不吸水，千百個菸蒂浮氽著，浸透而脹裂，散成一片焦黃的汙水。

悠揚的喇叭聲漸遠，垃圾車隆隆而來。老人和孩子隨著霧氣的消散而不見。

廣場上的菸蒂們，似乎本來是活的，灑水車來過後，它們都死了。

末班車的乘客

長年的辛苦，使我變得遲鈍：處處比人遲一步鈍一分，加起來就使我更辛苦——我常是末班車的乘客。

也好，這個大都市從清晨到黃昏，公共車輛都擠滿了人。排隊候車，車來了，隊伍亂得早知如此何必當初，青壯者生龍活虎搶在前頭，老弱者忍無可忍之際，稍出怨言，便遭辱罵：

「老不死！」

最深入淺出的反唇相譏是：

「你還活不到我這把年紀呢！」

我不死而愈來愈老，成了末班車的乘客，倒也免於此種天理昭彰的混戰了。

末班車乘客自然不多，我家遠在終點站，大有閒情看看別的乘客的臉。或其他什麼的，藉以解悶。幾年來，稱得上「閱人多矣」，也無什麼心得，只記住了兩件事——不能說是事，是常人叫做、叫做什麼「印象」的那種東西。

曾有好幾年，這都市食物匱乏得比大戰時期還恐慌。主食米麵在定量限制下，人與人之間再仁慈悌愛，要勻也勻不過來。糕餅糖果高價再高價，卻還要憑證券才買得到。回想起來，那幾年的人的臉色，確是菜色，而且是盤中無菜，面有菜色，青菜是極難買到的。好在大家差不多，你看我，等於我看你，除非是由蒼白而乾黃，轉現青灰，進呈浮腫，算是不尋常了。也都不加慰問勸告，實在想不出營養滋補的法子來。都說日有所思夜有所夢，我在夢中也沒有飽餐過一頓。

某夜，末班車座中有一老人帶著個小女孩靠窗說著話，沒聽幾句便知是外公和外孫女。那外公掏了一會衣袋——一顆彩紙包著的糖出現了，拿糖的手高高舉起，小女孩邊叫邊攀外公的瘦臂，把我也逗笑了，這年頭，一顆糖得來真正不易，值得使孩子在嘗味之前先開心一陣——那瘦臂垂落了，女孩搶糖，被另一隻瘦臂用力擋開，女孩乖乖地站著靜等，老人細心剝開彩紙，一顆渾圓黃亮的水果糖倏然進入老人的嘴，女孩尖叫了一聲，老人很鎮定地抿緊乾癟的雙唇，把包糖的彩紙放在腿上撫平，再以拇指食指夾起，在女孩的眼前晃來晃去，女孩像捉蝴蝶似的好容易到了手，湊近鼻孔，聞了又聞。

我把視線轉向車窗外，路燈的杆子，一根一根閃過去。

還有，另一個印象更平淡：

末班車常會遇上劇院的夜戲散場，冷清的車廂突然人丁興旺，而且照例是帶著戲的餘緒，說好說壞，熱鬧非凡。我坐在最後的一排位置上，某青年擠在我旁邊，嗑著在看戲時沒有嗑完的瓜子。那些乘客的家都不會離劇場太遠，所以站站都有人下車。嗑瓜子的青年瞥見中間雙人座有一空位，便離我而去。又過幾站，靠窗的單人座上的乘客下車了，青年便輕巧轉身過去占了，憑窗眺望夜景，瓜子殼不停地吐出窗外——中座比後排少受顛頓，窗口單人座更涼爽……少頃，坐在司機旁的位子上乘客起身挨出，那青年一剎那就撲過去坐定了——這個位子白天是不准坐的，是為教練試車而備，軟墊特別厚，而且可以直視前方……下一個站，嗑瓜子的青年不見了。

他當然是經常乘車的，他在撲向那個座位時當然知道不出兩分鐘就要下車的——何必如此欣然一躍而占領呢。

我已是遲鈍得只配坐末車的人了，卻還在心中東問西問。

我笑了，還有別的「印象」，比那外公的嘴裡的水果糖，比那嗑瓜子的青年胯下的軟墊子，更加不可思議的東西，我也見過不少。

譬如說——不必囉嗦了。

7
克

夏日高樓，泛覽佛家典籍。窗外市聲浩浩沸鳴，如能作為特大的松濤來消受，那麼幢幢高樓，算是聳立在松濤中的摩天浮屠了。百級浮屠，《洛陽伽藍記》所不及記。

這無非是一種測驗：現代人的「心遠地自偏」能偏到多少度。

與別家比，釋家卷帙獨多，充滿哲理、文采、邏輯、心理分析。年深月久，人們竟會把心思注集在禪宗上，是什麼道理？道理很多，其中有一個道理是，支那文人和扶桑文人像翻食譜那樣地挑選了合乎口味的禪宗。

禪宗是個人主義的極致。

西方個人主義大成者A.紀德，不知他最晚的晚年止於何種至善，我只讀到「使老得行將就木的我不致絕望地死去」，那是他收到了一個非洲青年給他的信後，追撫前塵，思念馬拉美，證悟這個世界將被少數人所拯救，寫了這篇遺囑性的宏文。我想，禪宗的個人主義的極致，這個消失點是紀德那樣的人所不取的。

然而黃龍派的「道遠乎哉，觸事而真，聖遠乎哉，體之即神」頗有「地糧」一味。簡言之的「觸目而真」巧契「地糧」之旨。

紀德說：別以「地糧」囿我——那也是的。

說空，禪宗之能事。

空本無說，能說得空而又空，便是禪宗主。

莊嚴與滑稽隔一層紙，對這層紙，我有興趣。每當四顧無人，忍不住伸手抽去這層紙。如若將來神明課我此罪，我有所辯：我是在四顧無人時才抽的啊。

是故對於「禪」、「禪那」、「禪宗」乃至「禪意」，我只能是個不語的旁觀者。

有時候，體健心輕，我挨近了點，似乎儼然是個首席旁觀者了——這是錯覺，我哪裡配得上。

人能憑一念之靈光而存活幾十年？

心是個不平常的東西，朝朝暮暮持平常心？生是一大連串無可奈何的自我煩惱，實難認同禪宗大師們一天到晚都是頭頂圓光不滅，那圖畫上的是用兩腳規一轉而成的哪。

「時時勤拂拭，莫使惹塵埃」倒是老實話，「本來無一物，何處著塵埃」卻是俏皮話而已——這樁公案竟會一直受稱頌。

「空」不覺，覺之「空」是虛偽的。

「無我」是我說的，主「無我」之我是第一性，「無我」之說已是第二性了。

禪宗與其他哲學一樣是「矯情」，是「執拗」，是與生命慪氣。

生命的智慧度，按自然規律應是到靈長類為止，人類是逾度了。智慧與生命的不平衡現象有詳細記錄可查——參見世界上古史、中古史、近代史。人類的一切紛擾（包括波及其他生靈的災禍）都根源於這個致命的不平衡。善和惡，都是過份的寵狠，善亦別有用意，惡亦別有用心。衣食住行，專重奢侈的細節，威福交作，忘其實在需要之所以。人類的愛、欲，不是一部分人變態，而是全部，整個兒失了常（這可以痛寫一冊厚書），請看動物界，哪有拿愛欲當作事業、資本、兇器、誘餌、收藏品、間諜工具。詩人的愛，也不良，說這些玫瑰夜鶯幹什麼。

李聃先生無疑是看到了這個致命點，他只限於勸人回到自然去，雖高齡，還不及說透，騎著青牛出關，明明是自殺。頭腦裡有如此高妙的辯證法，卻因沒福無疾而終，不得不長時期與愚氓為伍，他當然是不耐煩了，說也白說，自己就是個想回到自然而回不了的老人。

後來的一批煉丹家，後來掛在壁上的太上老君，後來翩然出入宰相家的方士羽客，概與李聃無涉。

還是幾個注釋李聃著作的人，像人。

海洋好，森林好，深山、野地、湖泊都好，露天動物園也不錯，人類社會，是伊卡洛斯的爸爸造的迷樓，進去容易出來難。

沒有一種水果甜得不能上口不能下嚥，然而我在中國在美國都吃到過甜得入喉刺癢落胃酸痛的食品。而且目睹某個中年男子，在一杯咖啡中放下六塊方糖，若無其事地喝光了。

中國有個和尚叫蘇曼殊，曾以詩、文、畫蜚聲大江南北，盛稱曼殊上人，曼殊大師，他沒有如期涅槃，是貪嗜冰淇淋，連吃連吃，就此吃死了。

我和泰奧爾·戈蒂耶一樣認為基督並沒有為我而來過世界。但他是來過的，而且說話，許多當作詩句來讀是十分夠味的話中不是有一句：

「野地裡的百合花，它們也不紡織……」卻穿得很華美麼。

如此——釋家、道家、基督家都明白智慧與生命的不平衡是世界苦難之由來。他們著重思考生命這一邊，那麼多的年代過去了，而今是否可以著眼關照智慧那一邊呢。

設生命為1克，智慧為3克，就不平衡。智慧是魔幻的，當人類有了10克智慧時，它會自動吸收為1克。例如有兩個意大利人：米開朗基羅，達文西；兩個俄羅斯人：托爾斯泰，杜思妥也夫斯基。四人可謂信心虔誠矣，奇怪的是到頭來都是無神論者做彌撒，不公開地否認了教會否認了上帝（依據什麼來作此判斷？請在他們的藝術作品中找，仔細找就找到了）。可見生命有生命的律令，智慧有智慧的律令，從無知到信仰，從虔誠到憬悟，智慧的歷程是這樣的歷程——4克5克6克7克8克9克卒達10

克，劃掉0，生命與智慧得到了新的平衡。

如蒙悉達多先生、李聃先生、耶穌先生相顧一笑，頷首認同，那麼剩下來的事是如何去求得這「7克」了——十六世紀蒙田正聲回答，十七世紀巴斯卡細聲回答，十八世紀康德悶聲回答，十九世紀尼采厲聲回答，二十世紀維根斯坦曼聲回答，他說著說著，又拉扯到禪宗上去……不是我們低能，而是大家都在這「致命的3克」中憋壞了，先得透口氣，抽支菸……

樓下賣冰食的街車在奏樂，故作銀鈴聲，以示清亮，以廣招徠。

我要的是比一支蛋捲冰淇淋輕得多的「7克」。

街頭三女人

據說第二次大戰後，像紐約這樣的都市，根本不見沿路設攤或推車叫賣的人。近幾年卻到處有撐起篷傘賣三明治、熱狗的，有擺攤子賣T恤、裙、褲、腰帶的，更有賣陶瓶、瓷盤、耳朵上脖子上的裝飾品、現榨的橘子汁、當場刻的木雕、手繪的襯衫。花生米、榛子、腰果、核桃仁，都上了人行道。密切應時的是晴天賣草帽，雨大賣傘——社會經濟不景氣？

是這樣。都市街景情趣盎然？是這樣。我常注意這些人的臉，與我所思相符，都是良善的——只是覺得這些都是耶穌同情而上帝卻不理睬的人，耶穌說富人要進天國，比駱駝穿針孔還難。上帝說窮人要進天國，比兩匹駱駝並排穿針孔還難。上帝是在富人這一邊的，否則富人怎能富起來——凡是經上沒有的話，我們可以補上去。

此外，還有比小商販更淡泊的謀生者：

一個青春已去的女人，常在較寬闊的人行道上伏地作粉筆畫，地面本有著等邊六角形的凹紋，她利用這些蜂房格，畫出人臉、花朵，伴以多種圖案。一個小時畫了一大片。因為色彩和形象十分奪目，使人只見地畫不見作地畫的人。幾次後我才看清楚是一個瘦小、灰黯、弓背蓬頭的女人——我常會不知不覺想起什麼現成話來，福樓拜說：「顯示藝術，隱藏藝術家。」心中不禁暗笑，又責備自己太淘氣太刻薄，便掏出幾個硬幣，俯身輕放在地上，不期然看見了她的臉，滿臉的汗，蒼黃、疲茶，她真髒，沒有心情洗臉（洗臉也要有好心情），既然目光相接，我該說句話：

「你畫得很美麗。」

「我可以畫得更好。」她說。

「我相信。」我想走了。

「為什麼別人不和我說話？」她撩起額上的亂髮。

「因為畫就是畫家的話，大家看見了，就是聽見了。」

「不不，話多著呢！」

「以後，慢慢說。」

「你願意聽嗎？」

「對不起，我要去辦點事。」

我看手表，我是個偽君子，想脫身，像當年的歐根・奧涅金。再經過那裡時，地畫已被踩模糊了。她總會來重畫，而且每次不完全同樣。

早晨走在近哥倫比亞大學的百老匯大街上，女人的嗓音在背後響起：

「日本先生，日本先生。」

我不是日本人，不必回頭。女人緊步上來輕觸我的手肘，她是黑種，有點胖，二十來歲。

「請原諒，你是日本人嗎？」

我還不及否認，她快速地說了一大連串，滿臉憨厚而愁苦的表情，我只聽出什麼布魯克林、托根……旁邊出現了一個白種青年，善意地懇切地代她說明：她要回布魯克林，沒錢坐地下鐵，請求幫助。我掏了三只兩角五分的硬幣遞給她，白種青年似乎很高興他的代言成功，輕快地走了。黑女郎謝了又謝，轉過身去，她還牽著一條大狗。往布魯克林？下城方向的地鐵站該朝前走，她不認路嗎？該告訴她——她牽著大狗走向報攤，買了一包菸，點火抽起來。

我回身快步走，怕她發現我，我不是那種有意窺人隱私的人。

大都會博物館的高高寬寬的臺階上，總是坐滿五彩繽紛的男女，因為下面人行道上有小丑或魔術師或踢踏舞男的表演，鼓掌，喝采，「謝幕」，當然還有以硬幣紙幣代替鮮花奉獻給表演藝術家的那麼一回事。

從博物館受洗禮出來，純正的藝術使人頭昏腦脹，精神營養過良症，弄不清自己是屬於偉大的一類還是屬於渺小的一類——臺階上的明朗歡樂，倒一下子使我重回人間，沖散了心中被永恆的藝術催眠後的鬱結。

行過噴泉，便是幽靜的林蔭道，綠葉如雲，賣水晶項鍊的貨車，新舊畫冊的書攤，更多的是出售小幅畫的藝術家，雕像似的站在那裡靜候顧客——所有這些，都很少有人買。

春天的一個下午，有朋友約我去看「梵蒂岡藝術藏品展覽」，像要去晉見教皇似的，我竟用心打扮了一番，對鏡自評，那副「漂亮朋友」的模樣實在討厭，再更裝又多麻煩，就此「以辭害意」地出門上街了。

門票上規定三點整才好入場，我早來了半小時，就放慢腳步，瀏覽書攤，發現一些小小的水彩畫，趣味近似保羅・克利，抬頭看那倚樹兀立的攤主，是個眉清目秀的女士，長髮垂肩，肩上披塊灰色的大方巾，待久了自然感到冷，她把大巾裹緊身軀，兩臂在胸前打了個結。

我應該看，不說話，然而又是目光相接，不說一句話似乎欠禮貌：

「保羅・克利！」

「不，我，是我畫的。」

「我知道，你的畫使我想起克利。」我以為說得很委婉，又加一句：

「你畫得真好。」

「謝謝你！」她的臉解凍似的呈現活氣和笑容。

接下去該我選購畫了，可是我本來不存心要買，為了這兩句對話就要買了麼……朋友喊著我的名字走過來了，她是我同學，平時都是衣著極隨便的，今天也忽發奇想，穿得華麗妖豔，活潑潑地拉了我就走，去幫她選一副水晶耳環，我忘了向那女畫家說聲再見。

博物館中的三小時，我是個透明體，裡面全是藝術。回家的路上，神魂還不定……樹林陰翳，行人稀少。記起一件事——剛才那路邊設攤的女畫家，也許以為我是正要買她的作品，被一個不比她美而比她華麗的女人打消了，把買畫的錢買了耳環——其實不是那麼一回事。

我和那同學的偶然的盛裝，本也不足道，偏偏與那女畫家的寒素形成了對比，倒像是我們是幸福者，她是不幸者，我感到歉疚，又感到冤屈——女畫家、同學、我，是在同一個世界中，不是在兩個世界中。

買不買畫，不要緊，而我一定使她薄明的心先是比平時亮了一度，接著又比平時暗了一度——何以測知她的感受？因為我年齡比她大，這種一亮一暗已不知來過多少回了。當然都是無關緊要的，卻又何必由我來使人亮使人暗呢。

第一個女人有點傻。

第二個女人有點壞。

第三個女人有點點可憐。

我是個有點點傻有點點壞有點點可憐的男人。

S・巴哈的咳嗽曲

冬夜（大雪之後）。

林肯中心，梅紐沁獨奏。（友人早早買了五張票，票上八時入場。七時找出兩張，車程約四十五分鐘，我們最終是三個人，還得上廁所……我們說了，也就入場如儀。美國至少有這點文明。當然三個人活該坐在三個角落。節目單來不及拿，也是忘了拿。）

第一是Sonata形式的，竟聞所未聞，竟把德布西聽成了是德布西逝世一二十年後的人寫的，我的無知多可怕。聽眾咳嗽，悄然如空谷兩三跫音。

第二是巴哈的，Partita No.2，記得是D調，可愛的純粹的小提琴獨奏。（鋼琴也推到後臺去，美國至少有這點認真，或梅紐沁認真。）

全場此起彼落的咳嗽聲此落彼起——真心誠意的，像海的浪花，或草原上散佈的野花，亮麗的。

此演奏廳的音響效果之佳顯示出來，咳嗽多清晰，多傳神，梅紐沁也拉得好。我一味地責怪自己一味地去聽咳嗽。看海的時候，先見浪花。羊嚙草，我也這樣這樣採白的黃的花……

何不在家咳完了再來，何不將咳嗽存在銀行裡。古典音樂會不致達旦，散場，一起總咳嗽，豈非更心曠神怡。

梅紐沁一聲不咳地拉這曲漫長的Partita，五個樂章令人同情，而自始至終絕妙，就只中途調了調G絃，緊了一下弓，此外堪稱完美。

幕間休息，全場咳嗽大作，有博愛平等自由革命成功之感，除了不咳嗽的，其他全咳了。

第三是弦樂重奏，還是可說是梅紐沁小提琴獨奏音樂會。修培爾特不對，樂章的安排不對，第一章就是交響樂交響詩的料。十九世紀，如果要談每個世紀各有各的聰明各有各的蠢笨，十九世紀音樂家在設計樂章上表彰了相當的蠢笨，誰能例外，貝多芬不例外，布拉姆斯也許危危險險倖免。

而最完美的是謝幕之頃，熱烈的掌聲（尤其前排的一群不穿晚禮服的老太太），熱烈的掌聲淹沒了咳嗽聲，我仔細辨別，那時，即梅紐沁謝幕時，不是掌聲淹沒了咳嗽聲——沒有一個人咳嗽。

我起誓，是沒有的。

馬拉格計畫

木製百葉長窗，外面陽臺，窗和欄杆一仍其舊，新漆受不了，秧苗蓓蕾的鮮嫩，那並非新，整個自然是舊的——重來山城馬拉格，就這點意思。

西班牙習慣二層算一樓，我在三層，算二樓，位據T形街的交道口，兩面有長窗和陽臺，按說可得兩種景觀，其實相對者都是樓房，無非欄杆陽臺長窗布幔，也有竹簾，下幅斜出來搭在欄杆上，顯得有點放肆。街，應稱之為巷，容一輛車通行，這廂的貓跳到那廂去，我忍受享受此種古風的局隘，只是不宜倚欄過久，一個陽臺一家隱私，夏季。

上午十時，以每日三十美元租定，便取過鑰匙出門，夜晚攜行李回來，一開房門，覺得裡面滿滿的人聲喧譁，音樂轟鳴，摩托車咆哮疾馳，這街角有多少電腦遊戲，上午冷清，我鍾情於百葉長窗，忘了勘察環境。朝南下瞰是啤酒店，西陽臺對街四家餐館，午夜十二時打烊，門關了，電視不關，邊打掃邊看白天鬥牛的重播，呼聲雷動，致命的是牛，受罪的是我。

垃圾車隆隆駕到是凌晨兩點半，餐館門口一場豐收，在聽覺上不能不與之協作始終，清曉，哪個店家嘎嘎拉鐵門，冷汗倏然沁濕胸頸，這街口，上午還十九世紀，中午二十世紀，入晚世紀末。

遷回旅館，上下拉的金屬窗了無情趣，白天用燈也悲慘，一項寫作計畫要在馬拉格竟事，山城妙在無人相識，步行去阿爾卡沙爾，十世紀動土，十五世紀竣工，七八代男子接力五百年，別人來時巨堡屬於別人，我來，巨堡屬於我。

層層石壘平臺，小學歷史課本上的「空中花園」，城牆的厚度便是人行道，偶置石椅，坐著一婦人，椅長容三位，不欲擾及靜態，她凝望海港。

平臺的植物，不像課本插圖中那樣蓊鬱，哇哇黃花開得正是時候，個兒小，油亮，也許有異香，畦圃盡頭有誰走過——絡腮鬍，濃黑短髮，目光似乎是監視，我感到屈辱，踱回城牆，格外舒泰地走給他看，海港在西偏的陽光下眩亮得迷糊，兩三遊艇像浮氽的瓜皮，阿爾卡沙爾荒廢年久，管理人員少，賣門票。不事招徠嚮導，整個古堡無為而休眠，蜉蝣上下飛舞，夏季將盡，近處蜜蜂的振翅是唯一的聲音。

行至一拱門，記得內部有不少紀元前的陶器，門邊的人就是絡腮鬍青年，我略示禮色，難免正視了一眼，他的臉平靜而強烈。進門後，意識到自己的鑑賞古物並無誠意，便一室一室穿過，那是長廊了。

「愛德華先生！」

我幾乎不能用西班牙語，待開口，人懂我的意思，人說的，我差堪明瞭，四年前流連古堡，愛德華給我的牛肉餡的帕多，他是這裡的廚師，帕多是香脆的酥餅，微辣——要麼全記得，要麼全忘卻。

愛德華不以我的出現為異，只問我這次是否從北京來，他沒見老，明年離開阿爾卡沙爾，退休與不退休有什麼兩樣？

「沒什麼，規定的哪！」

愛德華認為我的鬢髮白了很多，又認為也該白了。「規定的哪！」拉起他的手，拍拍手背，還給他。

岩層中已嵌入了某種礦物晶體，水流滲隙縫，久之汰盡了晶體，留存的外輪廓成為空殼，後來火山的熔岩又注進去，該另一種晶體只能以空殼作外形——這種現象，礦物學家定名「偽形」。阿拉伯文化曾被詮釋為「歷史的偽形」，其後，俄羅斯據說亦有此例，若云現今輪到中國，卻又未必，中國近代不滿百年，兩次出現由隱而顯的惡的進程，兩種惡，狀如消長，實係接代，都先取隱的方式，工夫花在偽善上，偽善得不耐煩，惡便赤裸全顯，至此再要回到偽善就回不去。中國的「歷史的偽形」，除非是指這一段「偽形的歷史」，業已過去，惡愈來愈顯，其間有所重溫偽善伎倆者，不過是癌症病房中的幾下子健身操。

古堡巡禮過半，頂層憩坐，極目崗巒起伏，紫靄漸濃。

斜陽照圓柱，投影甚美，倚柱捧書閱讀的又是他，已在微笑致意，我徇順地站起來，走近去。

這次看清他眸子之藍，鬍鬚款式楚楚，歐洲人慣說的橄欖膚色。

「什麼書？」

他把食指置於頁間，閉攏封面，《穆罕默德傳》，年輕，一切從偉人傳記始。

「信徒？」

「是。」

「阿拉伯人？」

「是。」

馬拉格，山麓小城，黃昏時分沿街賣花，莖長挺，頂端花序呈圓形，買了再看，是個風乾的刺果，另外摘來的細朵白花插在刺上，密聚如雪球，燈下粉藹藹散著清香，後半夜見萎，有時早晨還白、香。那天晚上我沒有買雪球花。

按進度，開頭還算順利的小說，明春可如約付出版商。再去阿爾卡沙爾，帶點什麼給愛德華，給年輕人，他的臉，說穿了就是我踐履著的文體，平靜而強烈，他的容易，我的難。

來此之前，在北美講演伊斯蘭藝術，待到與清真教徒面對面，我這邊先起了陌路之感。「歷史的偽形」，而阿拉伯而俄羅斯而中國，可見的只剩偽形的歷史，將此偽形攝入一部小說的襞褶裡，坦率得諱莫如深，中國的俄羅斯的阿拉伯的年輕人願意讀麼——舉世飆車，酗酒，玩電腦遊戲……唯他的臉使我無奈，使我有為……緩緩下沉的船……甲板上，我寫航海日記，也快寫完了。

輯二

大西洋賭城之夜

車經荷蘭隧道，登新澤西，一路平原景色，河流藍，草地綠，頗似中國江南。近大西洋城的高速公路兩旁，孟夏草木長，蒼翠連綿，更引人遐思，恰如行臨故鄉了。

進得城來，街道支離狹隘，繞入黯沉沉的停車場，下車舒肢，懶懶走向出口處——好一片鮮亮的海景：遼闊，平靜，蔚藍，白浪滔滔……人站在「花花公子夜總會」華麗的陰影裡，心卻像鷗一樣飛向陽光璀璨亙古如斯的大西洋。一邊是非常之人工，一邊是非常之自然，望不見的歐羅巴，無疑存在於遙遠處。

不論是生長於海濱或慣於航海的人，只要久不近海，猝然重見，無不驚悅於海的偉美莊嚴。小學生時代我認為北冰洋是白，太平洋是綠，印度洋是紅，唯大西洋是藍。隱隱約約感到凡大西洋浪花拍及的幾個國家，都有許許多多好東西（是畫報和旅行雜誌教唆的）；小孩對好東西的感覺之敏，欲念之貪，真是無孔不入，可惜這份敏感這份貪心都保不住，否則我不能成聖也能成盜，何致如此平凡受折磨——味蕾是萎縮了些，查辭典有賴於眼鏡。太平洋上遭過大難享過小豔福。印度洋上充過商販，在甲板上整天和人擲骰子。北冰洋只從空中俯瞰，冥茫無所得。終於身在大西洋之一角，極目有限的一角，然後在觀念上我有所勝，勝於誰？勝於自己的童年——我當年的所謂「好東西」，現在包括了大西洋及其沿岸諸國的歷史、故事、神話、童話，加上柏拉圖提供的大西洋、容易感動的非聖非盜的平常人——你好，魂牽夢縈如此之久的大西洋，你不知道有我，我可早知道有你。

我是來賭博的。我的賭徒哲學是：可愛的賭博，充其量把錢輸光。錢是代表世上兩樣好東西：門第、權勢。然而再輸也輸不掉用錢換勿到的好東西。超於賭博之外的，比落在賭博之內的，要大得多貴得多。可愛的渺小的賭博。

大西洋城在國際賭界赫赫有名，這裡簍場林立，宮邸堂皇，古典、浪漫、摩登、巴洛克、洛可可，不求甚解，自成風調。何必猶豫抉擇，亞歷山大．普希金說得中肯，「命運到處都是一樣」，就只是方式倒要揀那純出偶然的幾種概率。「吃角子老虎」是小孩老嫗玩的。「大富翁遊戲」公道而下流，令人想起患梅毒的教皇把炙熱的栗子撒向紅地毯，看裸女們狗一樣地亂爬亂搶。我喜歡的是莊家與押客都聽命魔王的賭法，贏也活該輸也活該。

在兩個「活該」交替出現的四小時之後，我走出不勝金碧輝煌之至的廳堂——輸個精光。別無遺憾，只為賈寶玉沒能和秦鍾、琪官兒、柳湘蓮，由茗煙開車來此玩玩而感到悵惘。現代人的現代病就在於前不見古人後不見來者，死死吮吸啃嚼「現代」，沒有顧盼到凡歷史記載的，小說描寫的，夢中見過的，明天明天要來的，都同生活中遭遇周旋的一樣是真實。前不見古人後不見來者就難免要愴然涕下，前可見古人後可見來者也就破涕為笑，莫逆於心。「歷史，」拿破崙說，「不過是一個大家都同意的寓言。」別怪他出言不遜，大家都同意就好；大家就沒有同意他一直做法國皇帝。我時時覺得有從歷史中來的人物在旁言笑，即之溫存的幽靈實在與我無異。人之著書非為稻粱謀，多半是在寫信給未來的親友，曹雪芹致我以長簡，燒掉一半還有八十回。我輸光了帶來的錢，就是失掉了「現在」的一部分好東西，而我始終隨身帶著的「過去」和「未來」卻動也沒有動。如果我拿出「我以前有過的錢」和「我將來會有的錢」作為押注，侍從在側的兔女郎要笑得雙耳亂顫。何況我哪裡肯挪用或預支公共的「過去」公共的「未來」——我白了兔女郎一眼，就像馬一樣地奔向海邊。

蔚藍的海洋，潔白的浪濤。雖然我早已是自然之母的斷奶之子，久居都市，乍來覲見，草坪、林蔭、沙灘、天空、雲和風，都透出它們是一直在等著我的意思：「你不來，也可以；你來了，那就好。」花和鳥都有姊妹感，石和樹有兄弟感，浪花尤其類似我的情人，海和太陽反而像是我夢中的自己。比喻總是比而不喻，只有一句話還說得明：要就不回去，要回去只能回到自然去。

沙灘很繁華，太陽傘、躺椅、浴巾，彩色構成的繁華。在生活用品上顯示出來的文明，超越了前幾代，就是去年的遮陽大傘，也被今年新製的一批比下去了。去年是綠白相間紅白相間，垂邊太狹，單薄小氣，今年「花花公子夜總會」提供的是純橘黃色，垂邊寬舒，郁麗大方，與海的藍，浪的白，沙的銀灰，人的深褐淡赭，恰到和諧處——一年就聰明了那麼多。

中午吃不下，此刻餓了，五點鐘要開車，只能將就快餐——啤酒、烤牛肉、牡蠣，又牡蠣、沙拉、果凍、咖啡，再咖啡……讓大巴士開走，我住旅館。明天向旅遊公司的人說：「你們準時開車，很好，我差了半分鐘，沒趕上。」來回票隔日當然可以起作用。

剛才說輸個精光，怎有錢吃喝住旅館——輸光的是左胸袋裡的一沓，是真賭徒的錢。右胸袋裡的另一沓是假聖徒的錢。真假且不論，賭徒絕不向聖徒借錢，歷來如此。

生命的現象是非宇宙性的。生命是宇宙意志的忤逆。釋家覺察了這一道理，想把生命的意志歸於宇宙的意志。釋家的始祖對生命與宇宙的致命對立，有著特殊的敏感（一切苦）。經過縝密的不憚繁瑣的考察甄別，獲悉此生命的意志確是對宇宙意志的全然叛離——釋家用了最柔潤又最酷烈的方法來誘絕生命，小乘是一個人的悄然熄滅，大乘是整體人的悄然熄滅，輪迴學說的終極是要將過去現在未來三世統統熄滅，範疇之廣，用心之徹底，值得現代人深思其何以一至於此。在科學上可用實證來昭彰今是昨非，歷指前人的謬誤。在哲學上對古代的思想家未可悉數等閒視之。思想槓桿所需的支力點，古代是這麼一點，現代仍舊是這麼一點（縮在木桶中，躺在席夢思上，就是這個哲學家）。人能小心翼翼登上月球，惚兮恍兮遨遊太空，並沒有意味著現代人比古代人較為容易觸及真理。電腦參禪，速凍涅槃，不知可否。科學家和哲學家住在兩幢房子裡。

生命是宇宙意志的忤逆，去其忤逆性，生命就不成其為生命。因此要生命徇從宇宙意志，附麗於宇宙意志，那是絕望的。

釋家一切繁縟努力，是呈示了一個宏大的志願。它節外生枝地夢了，幻想成為介乎宇宙意志和生命意志之間的一種佛的意志。但是，上強不過宇宙，下強不過生命，天上天下，唯佛獨窘。釋家一點沒有自覺這悲劇悲在哪裡。悲劇又愈演愈離題三千大千，那恆河沙數的信徒，把佛門看作利息奇高的怪銀行，存之以一，取之成兆，口誦佛號，身登極樂世界，再沒有更大更簡易的便宜事了。比較釋家諸宗，禪宗相形之下還知清淨，幾個大宗師竭力矯情絕俗，橫下一條心。彼等之「悟」，是憑本能憑直覺去

「參」的，北之漸悟，南之頓悟，都只能達到無言，無動作，再高也高不上去。玄機逼到盡頭，往往流於兒戲。懸崖必得撒手，懸崖不撒手，姿態是非常難看的。剃刀邊緣怎能起造伽藍。禪宗五家留下的一樁樁公案，凡有幾分詩意才情的偈頌，猶可藝術視之，另一些出於無知的剛愎言行，委實蠻橫得驚人，分明是流於愚而詐了。

這個宇宙並非為人而設造的。人已算得精靈古怪，分出陰與陽，正與負，偶然與必然，相對與絕對，經驗與先驗，有限與無限，可知與不可知……糟的是凡能分析出來的東西，其原本都是混合著的。混合便是存在。宇宙之為宇宙，似乎不願意被分析。分析是為了利用，分析的動機是反宇宙的。人的意志的忤逆性還表現在要干預宇宙意志，人顯得偉大起來，但是「宇宙是什麼意義」這一命題上，人碰了一鼻子宇宙灰。宇宙是個沒有謎底的謎，人類硬著脖子亂猜，哲學家是窮思加苦想，宗教家則自造謎底，昭示世人：猜著了，猜著了……三個五個宗教各個杜撰，於是出現三個五個謎底，於是相互攻訐，自己的謎底是唯一的，別家子的都是假貨——一個謎哪能有三個五個謎底，無疑是捏造出來誆騙那些笨得既不會猜謎又不會圓謊芸芸眾生，一直一直糊塗下去。不知道在這個世界上，先是只有宗教可言沒有哲學可言（古代），繼之是只有哲學可言沒有宗教可言（近代）。那難於承認難於否認的心靈的感應，超感官的知覺，後證無誤的徵兆，反理性的異象，物質分解到最後的逸失——使人類顧慮到也許另有一種或幾種時空觀念與我們不同的世界存在著，它們也不即是宇宙意志，也不是佛的意志，也不是其他宗教家所崇奉的神的意志，卻是常常先於我們高於強於我們的不以質存在而以能存在的力，不是古今的宗教、哲學、科學所能敷衍解釋得了的。既成的尚在的宗教和哲學，將久久作為淒惶慘澹的敗筆而留下來，其意義只在於佐證人類的蒙昧時期竟漫長複雜如此——宗教必得拋棄其經典，哲學必得撤銷其邏輯，始有望仆而起殭而甦，宗教和哲學一旦拋棄經典撤銷邏輯，立刻就手足無措，狀如赤身裸體的白痴：那麼，除非是不求更生自甘消亡了，如若要振拔，要逾越，這赤身裸體手足無措狀如白痴的境界就得讓它來，人類智慧的曦光從這白痴的背後亮起，這是理想主義者們不敢嚮往的事——徒托空言嗎？且看中國禪宗五家，無論「北漸」、「南頓」，都不以經典為指歸，甚至不持經典，為仰宗的慧寂便能將六代祖師的圓相付之一炬，雲門宗人又提出「截斷眾流」、「一鏃破三關」，禪宗開示參學者的語句，以絕無意思者為「活句」，而語中有語者，卻是「死句」。禪宗之所以引起全世界智者的矚目，就在於離經叛道的膽識和魄力，「向上一著，千乘不傳」。當然，禪宗並不就是未來的宗教，它是不自覺的先驅者，是對所有引經據典者們的凜然一瞥。哲學家又是如何？也有不自覺的先驅者嗎？曾見尼采是敏銳而坦蕩的，唯有他才能聽了貝多芬的第九交響樂後，毫無虛偽的自尊，由衷說出：「使我們哲學家心酸。」哲學家被語言、文字牽絆住了，雖有同等的襟懷，卻沒能像音樂家那樣如意飛升於群星燦爛的九天之上。尼采的感歎預示著未來的哲學家是要脫出牽絆而頡頏翱翔的。除非新世紀遲遲不來，來則必是宗教廢置其經典哲學撒開其邏輯的世紀。如果遲遲不來，到最後還是不來，那麼總有若干人會做出公允明達之一說：「人類命薄，沒有來得及造出真正的黃金時代。那過去的妄自稱號的幾個黃金時代都是表不及裡的，禁不起一翻的。拿破崙畢竟是天才，他嘲笑得有理，那史載的幾個黃金時代是連『寓言』也稱不上的。真正的黃金時代不是宗教與哲學的復活節，那是人類智慧的聖誕節……地球再遲十萬年冷卻，也許就能過上這智慧的聖誕節的黃金時代……」……真是苦惱、焦躁，大雨之後，綿綿小雨，小雨還沒停，雷電交作豪雨傾盆而下。我們坐的是夜行車，知道是在經過景色奇美的地帶，什麼也看不見，玻璃窗上全是雨點，至多是一張自己的模糊的臉，存在主義者沙特就此發了一場脾氣，脾氣發過之後，大家還是在老地方——我還是坐在大西洋之濱的木製崗亭裡，該回「熱帶」旅館去睡覺。天色微明，海平線又看見了。

早上的酒吧別有一股沁人的清香，潔淨的杯盞一齊映著晨光宛如列隊的祈禱者。大裸肩背的女郎氣色鮮妍，怎麼不下班，是睡過了又來當班的？

「早安。」她很高興的樣子。
「早安。」我嗓子有點沙啞。
「威士忌？」她逗我。
「不，礦泉水，加冰。」日本人教我的養生法，每日晨醒喝大罐陰涼的清水。
「祝您好運！夜來贏了吧？」
「贏——先是輸，來您這兒之後，就轉贏……幾乎到了黃金時代。」
「為您高興，請常來。」她伸手給我。
「一直站著不累嗎？」
「等忽兒就下班，下午再上班。」
「下午幾時上班？」吻了她的手背。
「五點。」我要搭上六點鐘開的巴士。跨進電梯已是睡意沉沉，找到房號。開門撲向床位……電話鈴響。

「請原諒，需要什麼時間喚醒您嗎？」

「十一點，中午，請按門鈴，好嗎？謝謝。」

十一點整她是來按門鈴，出乎她的意料，我已盥洗穿著完畢，開門就與她下樓往別家餐廳走。她不知我在睡前與睡後會判若兩人。

她換了裝，纖指梳弄金髮，掉下一絲在雪白的桌巾上，以為我會揀來揣在胸袋裡——我認為兩個人午餐比一個人午餐更像「午餐」些。如果夜間我從沙灘的木亭裡出來，剃光頭顱，身披袈裟，足登芒鞋，雙手合十邀請她來共餐，她肯賞光麼？她的制服是：一對絲絨長耳朵，空身領結，空手袖扣，白色毛球尾巴……現在她換了裝，算是雌兔化為女人，兔媽媽還是遙控著。兔女郎是有定義的：性象徵、西方藝妓，是個好女孩，穿得像個壞女人。萬一你要和她合拍張照片，得辦理繳費三十美元的手續，即使是最善於下定義的亞里斯多德也得如數付款。

午餐很快樂。她是好女孩，父親是在職的船長，她要用自己賺來的錢去歐洲漫遊。十八歲時已獲舞蹈學士學位。兔女郎很忙碌，報酬很高，標準很嚴格。客人面前絕不抽菸、嚼口香糖，上班前兔媽媽檢查鞋子、頭髮、化妝。除了這些，她還有一個信心，將成為瑪莎・葛蘭姆和艾文・艾利那樣的舞蹈家。

「好像你知道似的，我最喜歡吃螃蟹。」她持螯而讚。

「我知道。你到了歐洲，威尼斯那裡的螃蟹，用麵粉拌好後油炸，連殼都能吃。」

「那太好了。」她有點抱怨盤裡螃蟹的硬殼了。

「威尼斯的螃蟹小，中國南方的某個湖裡的大螃蟹，壓倒全世界一切美味。」

「真的？」

「吃的人都非常小心，怕鮮美得連舌頭也嚥了下去。」

她笑，並且吐出一點舌尖，表示無恙——我吻了這無恙的舌尖，表示祝福它去威尼斯去中國吃螃蟹，並且跳舞。她很高興，因而要我同意一個請求，說：

「別再大口喝威士忌，傷肝臟，刺激腎上腺皮質激素的釋放，這是同憂愁、悲傷一樣害人的！」

我同意一半，如果威尼斯再相逢，就完全同意不再大口喝威士忌，甚至一輩子只喝慕尼黑淡啤。

午後我還是獨個子去游泳——嬉水弄波間交了個朋友，湯姆，小湯姆。兩個人鬧得歡，浪沫入口鹹苦不堪。

「那邊有什麼糖嗎？」我指指沙灘上湯姆一家的棚帳。

「有！」他大叫一聲，飛去就飛回，塞一塊巧克力在我張得像鱷魚般的嘴裡。

「在海水裡吃巧克力特別好吃。」這是湯姆的發現。

「到海底裡吃巧克力還要好吃。」

「好，去！」他把糖塊推進嘴裡，做出下海的準備動作。

「等你長到海拔一公尺八十，再去！」

「要幾年？」

「湯姆，我們快要用人造鰓了，像魚，懂嗎？魚的鰓，我們能無限期地生活在水底。」

「你有人造鰓嗎？」

「還沒有。那是預聚合物與紅血素結合，變成一種泡沫乳膠那樣的東西，海水通過時，它能吸收氧氣，你、我，就不會悶死了。」

湯姆作深呼吸，抱住我的腰：

「給我，我要人造鰓。」

「還在研究呢，已經成功，明年夏天總可以用了。」

湯姆失望，也安心。拉著我去他的工程基地。

原來的方案是橋頭堡。找得一只脫底的水桶，碎成兩半，便是海底隧道的拱頂，堆上沙，小汽車這頭推下，那頭衝出，湯姆認為很成功。於是拆毀，扒出十字交錯道，再找只破桶作補充，隆起的沙丘的中心是古堡，堡頂是尖尖的海螺……湯姆邀請一個媽媽兩個姊姊來參加通車大典，介紹說：

「這是我的媽媽，這是我的姊姊，她也是姊姊。這是我的朋友，做人造鰓的。」

我只好點頭。蛋糕、果派、香蕉和葡萄……引來大群海鷗，吱呀吱呀飛旋爭食，頭頂、身旁，全是亂糟糟的翅膀，平時總認為海鷗是傲然自得的，看到牠們像家禽般地親暱人，反而覺得不景氣——與湯姆握別。我想睡覺。

昨天加昨夜，我做了三種人：輸光了也快樂的賭徒；二百公尺之間的吟遊詩人；乞靈於威士忌的思想家。此刻我是一條懶蟲，只想睡，醒了，翻個身再睡。人們用「香」、「甜」來形容睡眠之味，不錯，無香之香無甜之甜……大西洋不過是一片水。有個俄羅斯的小孩對契訶夫說：「海是很大的。」契訶夫佩服了。我也佩服，兼而佩服契訶夫的小心眼兒、閒工夫。我仰天平躺，動也不動，明知詩的時代從胸脯上滑過去了，童話的時代從大腿間漏失完了，我還是想做各種各樣的人，紀德說來深得我心，他說：「代人生活。」還可以推敲，是否是「化」，「化人生活」。一輩子只讀一本書要叫苦了，一輩子只做一種人卻不叫苦？既然更換住宅、傢具、領帶，更換職業、國籍、妻子，為什麼偏忘了更換自己。豈非在逐末，壓根兒忘本。普希金寫的《上尉的女兒》拍成了電影，比小說還要好。不識字的「大皇帝」終於入了囚籠，押赴刑場，泥濘的路，淒淒惶惶的億萬子民，聖彼德堡教堂金鐘齊鳴，朔風狂吹斷頭臺，赤膊捆綁得皮開肉綻的普加喬夫揚聲大喊：「鄉親們，原諒我吧……」其實不是他的錯，馬上的普加喬夫和斷頭臺上的普加喬夫已是兩種人，他不懂得做，兩者都做壞了，慘了。秋天鄉間寫作的普希金和冬季宮廷陪舞的普希金也是兩種人，前一種成功，後一種失敗，也慘了。更慘在他不能轉入第三種第四種人。倒是杜思妥也夫斯基：賭徒、囚犯、作家、丈夫、基督徒、無神論者……一直做到世界四大智星之一——風光明媚的夏日大西洋之濱，夢遊到風雪交加的涅瓦河邊。我該去找淡水，沖掉身上的鹽份。浪子回家。

浪子回家，舉火奏樂，宰烹牛犢。浪子不回家，千夫所指，無疾而死。世人對付浪子總有辦法。不想想還有一種浪子是想家而無家可歸——這倒使人愣住了。

不必愣住，到了五點鐘，這條曬夠了太陽、滌淨了身子的懶蟲，會爬上大巴士回曼哈頓林肯中心，歸程歷兩小時又半，懶蟲會化成什麼也未可知。

懶蟲在車廂中感到冷氣過度，羊毛衫是短袖，用兩手互包臂髁骨，天助自助之人。車窗外夕照麗天，雲蒸霞蔚。路旁樹林陰翳、繁葉密枝構成懾人的幽森，古代人看到的也是這種沁人如醉的美，中有無言之言，大意是：就這樣，這樣，靜默、不動……不再動，靜默……不必動、不再動、不動……我驚異於這肅穆的頹廢，如若任其催眠，豈非就此不能醒，誰還願意醒來——聽不懂這無言之言的遊客們，嬉笑閒談，旁若無「神」，聽到而約略領會的人不禁沉淪癱瘓，自我墮毀。古代的隱士，修行者，也許就是中了自然的魔法，尤其是畫家，風景畫家，傳述了「就這樣、這樣，不動、不再動，靜默」。那些獸類、禽類、魚類、蟲類、貝介類，也受到暮色的催眠，呆在那裡，夕陽慢慢沉落……我抖擻一下，這是巧妙的偉大的頹廢，惹得尼采如此惱怒的就是瓦格納的這種性質的頹廢，甘美，純潔，柔腸百轉，百轉而寸斷，使人不成其為人地銷蝕靡碎，和光同塵……尼采的敏感來自他非凡的本能，他該有卻又沒有足夠的辯才。誰有呢，誰也難有。用比才的音樂來與瓦格納對簿，瓦格納會微笑半晌，說：

「文不對題。」

萬家萬萬家燈火的曼哈頓在望了——繼賭徒、詩人、思想家、大懶蟲之後，我又做了二小時風景畫家。畫家最沒意思，我還得化個難度大一點的什麼人。譬如說，森丘派克路邊的馬車夫。馬車夫的心比叔本華的心更難進入。我坐在公園的長椅上，左邊不遠是個紳士，右邊稍遠是個乞丐。我凝視著低頭吃燕麥的馬，如果我能進入馬的心，就有望從而進入馬車夫的心。鴿子飛來停在燕麥桶邊上，馬不在乎，小小鴿友不必計較，自己少吃兩口就可以分飽十隻鴿子。牠們要飛，吃不多。男人帶女人小孩上了車，就得拉著他們沿公園走一陣，這不過是花十來元做半小時公爵夫人，或者十八十九世紀風味回憶錄——我似乎有點化馬的希望了，然而我的旨趣是化馬車夫。有一天，看見馬車夫買了兩袋桃子來餵馬，第一顆塞進牠嘴裡，馬嚼了，桃核吐出，我高興極了，我與馬同時感到酸甜的滋味……馬車夫繼續餵桃子，嚼碎的桃瓤和著桃汁漣漣漏下，馬幾乎一點也不能吞嚥。塞桃子者不灰心，繼續塞，嚼桃子者繼續嚼，實在不會吞，不會嚥，地上一大攤碎瓤和稠液。我發急，忽然放聲大笑，馬車夫轉過頭來也對我大笑——這瞬間，我自信能化為馬車夫了，至少他和我同樣事先是不知道馬是不會吃桃子的。我也懂得馬的舌頭上有與我相似的味蕾，否則牠怎會起勁地嚼呢，牠配吃桃子，還沒學會。牠如果會笑，一定和我們這兩個馬車夫同時大笑不止。

浮士德在阿爾卑斯山谷中醒來，雨過天青，瀑布上環著彩虹，他仰對上蒼高吟：

你把眾生的行列帶過我的面前，教我一一認識我的兄弟……

那跛足的遊吟詩人，那活該輸光的賭徒，那酒後失言的哲學家，那奢談螃蟹的薄情郎，那湯姆的得力助手，那沙灘上的大懶蟲，那不甘受催眠的畫師，那好心餵桃子的馬車夫——都是我平等的、聚散無常的兄弟。

恆河・蓮花・姊妹

我是東方人。行有餘力則藉西方人的眼光來反觀東方。每每頗饒興味，於是為西方人不知藉東方人的眼光來反觀西方而深表遺憾了。

拉伯雷的東方觀是粗枝大葉的。安徒生對東方有點玩世不恭。歌德就有趣了，他認為中國的每個夜晚都有團圓的明月，清輝溶溶，那纖足的美女站在花朵上，花莖不會斷——我忽然非常羨慕中國人，繼而忽然想起我就是中國人。

海涅嚮往的倒是印度，認為蓮花終年開滿恆河，蓮花姊妹在月光下等待詩人去同夢；我忽然非常羨慕印度人，繼而忽然想到我沒有去過印度。

卸了重裝，換了白鞋白褲淡青的上衣，提了小箱去恆河探望蓮花姊妹。

恆河是有的，蓮花是有的，還有別的，更出奇。

印度出奇的窮，窮極無知，窮極無賴，窮極無恥。

八千多萬賤民，無耕無居無食無衣無選舉權，可算一個階級，階級裡還有一個階層——為數五萬多的閹人。閹人是什麼，是被閹割過了的男人。

穿得不男不女，說話尖聲細氣，性情自然怪癖了，行為便反覆無常。棲身於城鄉寺院，竟然還是群居生涯。多道悲觀厭世，看破紅塵，其實是貧困掙扎，下策的巧取。印度人是懶，而印度是個即使你勤奮一世也解脫不了衣食之憂的國家。

竟然是群居，竟然有組織，竟然推出首領，誰做閹人之王呢，誰唆使閹割入夥的人最多，誰就是王，所以類似諸侯的霸占，各有各的地盤。

一切荒謬，都是以「安那其」形式存在著的吧，殊不知一切荒謬之所以荒謬正在於其本身總有嚴密的結構，簡直體系完備，或以綱常、或以倫理、或以紀律、或以規章……交加、收攏、抽緊、顛撲不破，這便是荒謬事物的生命力之所在，否則荒謬豈非難以持久，難以持久的就算不得什麼荒謬。

閹人五萬，分族分派分區域。閹人們稱首領為「母親」——「母親」這個詞第一次誤用是稱地球，第二次誤用是稱祖國，這是第三次誤用了。

閹人們相喚曰「姊妹」，這又錯了，閹，就是把兄弟姊妹統統閹去，既不配稱兄道弟，也不配呼姊喚妹，可是閹人們卻認為從兄弟退而為姊妹是順理成章，其他非閹的人們也認為恰如其份——因此，可知印度人的頭腦到底有沒有月光，有沒有蓮花。

荒謬既是一層層地形成，看荒謬就得一層層地剝。

人，生而有性別，卻活活閹了，切勿以為這像西方人「變性」那樣摩登風流，印度閹人可不是鬧著玩，他們為的是謀職業——賣哭，賣笑。

誰家結婚，便去唱喜曲，奏慶樂，跳歡欣舞。

誰家死人，便去喊喪辭，詠悼歌，帶頭嚎啕大哭。

誰家嬰兒呱呱墜地，閹人早已料知，準時趕來，為之祝福，祝福。

印度人認為嬰兒經閹人抱一抱，便必定長命百歲，財運亨通。

從不問問閹人當年繈褓時有沒有請上一輩的閹人抱過。

世界的可憐還在於

人生的可憐還在於

印度的可憐還在於

閹人的可憐還在於儘管說悲觀厭世看破紅塵卻也和常人一樣無法獨善其身，一樣要靠結幫營私，堅守陣地，過界便吵翻了天。

「你們真是白閹了！」

我這話終於忍住，太傷閹人的心。

居然，他們居然有選舉權，（噫，在東方選舉權值多少錢一斤，然而沒有選舉權卻令人失魂落魄，這又是西方人的想像力所萬萬不及的。）閹人們居然自視高於賤民，賤民是賤到了沒有選舉權的。賤民呢，眼看比不上閹人，也就隨著貴族們罵閹人：「陰陽佬」，「妖物」。下午執行死刑者，狠啐上午執行死刑者：「你活該！」

文士相輕，商賈相詐，政客相彈，武夫相撲，女子相妒，世界頗不寂寞，那是因為才、錢、勢、力、色，使人不安份，而無才無錢無勢無力無色的賤民與閹人也還要見個高低，爭個分明。

閹人不敢接近男人女人，獨個子又受不了淒苦的蠶蝕，於是擠在一起，擠在一起必會刺痛，叔本華比喻群蝟相聚——受傷的閹人走開去哭了，眼淚沒有閹掉，流滿一臉，形影相弔，不復是職業的號喪之哭了。

我漫遊在印度，習慣於咖哩味，不習慣於閹人之哭，雖然一直認為所有的悲哀都是細膩的感情，雖然完全認同孟德斯鳩的金言，「好像人在悲哀之中才是人」，雖然王爾德比我先道出「耶穌是第一個懂得悲哀之美的大詩聖」，無奈新月如鉤的午夜，印度石窟間幽幽的閹人之哭，與其說令我憂，不如說令我思，這哀傷太大了，因為這哀傷來自愚昧，這愚昧太大了，因為這愚昧來自無知，這無知太大了，因為這是印度世世代代沉積下來的全面的昏庸，印度敗於傳統觀念，糟於等級制度——要同情一個閹人之哭，就非得解開這三重「太大」，我有多少心力，我同情不起，付不出這麼多。

極其惡劣的玩笑：正是這裡，誕生佛陀。

玩笑的惡劣意識不難領悟，請看，何只是印度，其他國域也一樣，哪裡產生了智慧仁慈的異人，哪裡的子民便逞愚肆虐，糟糕透頂。先知喲，救主喲，是你獨占了智慧與仁慈，別人就分不到一粒一屑了，你還辛苦勸說，殷勤佈道。你不明白麼，唯有足具智慧的人才聽得懂你在說些什麼，也唯有本來仁慈的人才履行你的訓誡。所以，先知喲，救主喲，哪裡去找這樣智慧這樣仁慈的人，如果有，就是不聽你不近你，也是夠了的，這豈不是即等於你麼？豈不是說你不來，他來，都是一樣的麼？豈不是說，他的命運遭遇，會與你相同？

閹人在月光下幽幽地哭，我已回到旅舍的陽臺上，喝著冰水；人類確是將娑婆世界擺佈得有條有款，每種荒謬都立下無數然然非非可可否否的細則，受其一，便得受其二，認同三，隨之認同四，服了五，勢必服了六。既中環節，從茲容順不容逆，智愚賢不肖全體上當——天網恢恢，疏而不漏，本來指的是善的規律，卻從古到今說明著惡的規律。一惡一網，疏而不漏，眾網疊扣，疏處變密了。

當代印度閹人五萬，代代相加該有多少，賤民閹人中定有俊才英物，可是那疏而不漏的人為的一網又一網，網死了優種良苗，網眼漸小漸暗，結而不漏，行將無眼，不必再論疏疏密密。

人的天性的受制，那設制者包藏的禍心之大，之叵測，是遠越其個人所需的權勢利欲。荒謬之可怕，在於其沒有自限性。有自限性的荒謬是可以容忍的，因為這也頗有可觀。列夫・托爾斯泰從心底裡喜歡一切小小的「不含惡意的愚蠢」，甚至想以「不含惡意的愚蠢」去解救「飽含惡意的愚蠢」，那是他所見有限，後來的「飽含惡意的愚蠢」就完全吞噬了「不含惡意的愚蠢」。我們是從托爾斯泰料想不到的迷夢中醒來的人。一醒，就睡不著了，走來走去……

我在印度走來走去，眼見偉大的歷歷古蹟，耳聞每支歌曲的底層都有氾濫的一汪哀怨，與彼貴胄談，與彼賤民談，與彼閹人談，次次失望，我離開了。

臨行，一個閹人病死，我旁觀葬禮，他們叫作「立葬」，先將白布纏屍，綁定在木板上，夜半人靜，閹氏「姊妹們」穿了白袍，闍主帶領，將死者直著送至墓地，直直地放下坑去。當時我不好意思動問，歸途中悄悄質之於一個年老的閹姊，他說：

「直著，靈魂能升天。」

我還不滿足，招呼一個年輕的閹妹到菩提樹蔭裡：

「你說呢，為什麼直著埋葬？」

他眨了眨黑洞般的大眼睛：

「我，我們，死，不屈服！」

印度炎熱。

留點清涼的東西在他心裡吧，如果我再說一句「不屈服，就別來作閹人」，那就連這一點自傲自慰也會沒有了的。

翌日，我離開印度。

但我們開始嘲謔別人時總是先忘掉了自己。賣哭賣笑賣唱賣舞，不一定用眼用嘴用嗓子用身段。任何東西都可以賣，因為任

何東西都有買主。誰能不賣，誰能不買。商品社會長長地過來，
還要長長地過去。

咖啡彌撒

說來真不怕人見笑，中國清末民初之際，學西洋不是由表及裡地學，卻常在名稱上弄乖巧：上海叫東方巴黎，蘇州叫東方威尼斯，杭州叫東方翡冷翠，哈爾濱叫東方莫斯科。後來抗日戰爭時期，昆明號稱東方雅典。這樣一路叫下去，外國的精華都為我所有，中國就像模像樣了。幸虧粗人們不懂得這種高明玩意兒，不然也會把饅頭叫做東方麵包。

上海之西，有一地區名徐家滙，曾稱為東方梵蒂岡，梵蒂岡怎會在巴黎，真既無自尊心又無常識。

東方梵蒂岡，當然有很多教堂，教堂的外觀和內景都十分迷人，我時常去瞻仰、徘徊；像讀法國紅衣主教列茲的篇章一樣，即使其意義已屬遙遠，不盡認同，然而其文筆真是美妙，不由人不欽佩。

當我悅目賞心地走在介乎天主教堂和基督教堂之間的小徑上，兩邊都有人近來勸我信仰、皈依；兩種教義教規我都略知一二，那神甫般的人和那牧師般的人同時微笑地向我佈道，我所能做出的表情也只是清一色的微笑。雙腿不疾不徐地向前邁動，心裡很不是滋味。幾次遭遇之後，不敢再貿貿然走過這夾在華麗的天主教堂和樸素的基督教堂之間的狹長的「天路歷程」了。

當人們好意思向我開口之時，便是我不好意思對他們作答之時——在愛情上，財務上，宗教上。

希臘的宙斯，正常的形象是：中年以上，大鬍子。當祂有某種愛情上的必要時，會變作牛、變作鵝，自然是變得非常之逼真，否則哪能使歐羅巴．麗達這種秀外慧中的女孩子上當。如果她願意上當，裝作上當的樣子，那又是另外一回事——希臘神話，神話而已，始終沒有成為宗教（希臘人真不是小聰明）。宗教是嚴肅中之嚴肅，神有固定的形象。耶和華上帝分明是年老的，元始天尊是更老了的，如來佛是看不出年齡的，一不具鬚髯，二不起皺紋，大概是三世如來者，乃過去、現在、未來的有點黑格爾味道的總觀念，年齡委實無法確定，倒也情有可原。真主阿拉從不露面，這是最懂得策略的，因為其他的神主就是在形象上出了問題壞了事。

第一，既然是全知全能的神，怎會隨便讓人去畫祂。第二，畫神的人，非比尋常，當然是受神的啟示的，神顯形給畫家看，猶如模特兒然——那麼，應該無論是誰，無論是兩個人畫神，兩百個畫神，神的形象必是一式一樣的。第三，神應是不更換服裝的，髮型、髯型、體型，一成不變；神既沒有年齡上的增加，也不追求時髦，這才叫做「永恆」。

單說上帝耶和華，如果一百個畫家畫祂，都一個模式，區別只在於畫家的風格。那就說得通，說得過去。可是我比較了十個畫家所作的上帝耶和華像，分明是十種面貌十種裝束。即使是同一個畫家，例如米開朗基羅，他筆下的上帝，一忽兒留鬍子，一忽兒光下巴，衣褲都不肯穿。這就使人想到上帝之所以隨便讓人畫成什麼模樣，並非出於寬容，也非至高無上者有「無可無不可」的氣度，更不是廣告上的「千面人」，而是——而是究竟有沒有上帝。

好些皇帝不明白的事理，再說也還是不懂，當皇帝聽不懂你說些什麼話的時候，他就宰了你。中國古代皇帝特別多，按比例，不明白事理的皇帝也就特別多。中國古代的辯士、政客、哲學家特別聰明，特別會說話，他們有個好法子，那就是把很容易理解卻很難得到理解的東西，忽然推向極端，使聽者大吃一驚，而後扳回來，點破。聽者幾乎頓時恍然大悟了。此法甚險，弄不好，皇帝老羞成怒，說客腰斬也是難免的。而歷史記載的倒是成功的多，失敗的少，故不妨一試：

請哪一位畫家把上帝畫成老婆婆的模樣兒。此畫公開問世，必起軒然大波，不論有信仰者、無神論者、女權主義者，都會反對：上帝怎會是這個樣子的呢？

上帝是什麼樣子呢？成千上萬圖畫中的上帝哪一個是真上帝？即使經過投票選舉，電腦統計，確定其中之一為正牌，那許許多多落選的副牌、野牌、冒牌怎麼處置呢？是否重設異端裁判庭（上帝自當先作「罪己詔」、自白書）？

我們怎能如此隨心所欲地畫上帝？這還不奇，奇的是上帝怎可以如此漫不經心地讓人畫祂。

紐約的老式地下鐵的車廂內外，塗滿了年輕人的怪簽名怪符號。畫家們肆無忌憚地畫上帝，豈非與此輩年輕人差不多。天路歷程在想像中似乎是步行的、向上的，最後是凌空的，然而我們卻坐在紐約的老式的地下鐵中了，Downtown 也罷，Uptown 也罷，總不是天路，總是白白浪費時間的充滿尿臭的歷程。

宗教老矣，看到摩登的教堂建築，新潮的聖殿神像，有老人簪花御時裝之感，愈發顯得無可奈何地垂垂垂垂老矣。政治家是沒有遠見的。西方政治家所及者二年四年，東方政治家所及者三年五年。二十世紀所剩無幾，即使推出大批振聾發聵光風霽月的思想家，也解救不了本世紀的「無知之災」。史學家的風涼話是：雅典學派一醒，文藝復興又一醒，十七、八、九世紀也睜大過眼睛。其實醒了沒有幾個人——醒即異端。那些「個人」，也是清一陣糊一陣，如馬丁・路德等等……究意有沒有所謂螺旋形上升者這麼一回事。十九世紀自知無望，託孤給二十世紀（尤其像普希金傳統的這批俄羅斯書生，虔信得很），他們寄望於我們的哪裡是我們現在這種樣子。現代的無知是可怕的，多少瑰意琦行的著作蒙塵僻角的陰影裡。這一代人故意眇忽精神的遺產，自身呢，比十九世紀末的「多餘的人」更不覺其多餘。芸芸間，固有少數清新翹楚，卻又獨善得乾脆利落，視彌賽亞為大笨伯，對「不可天下人負我」也沒興趣。原始人的無知是爽爽快快的無知，與其時代相配。現代人的無知是牽絲絆籐的無知，因為與這個凡事務必以智能為周旋出納的時代不配。無論物質文明起了多大洋洋灑灑的功效，以精神生活的襟懷情懷的廣度深度密度而言，世界一片荒蕪，此荒蕪之由來，也不是強要十九二十世紀任其咎，原本是一錢不值的東西才是文化，文化的可貴就在於其一錢不值。無奈輪到我們的時代卻是值一錢者才使人看一眼。「無知」的可怕是：與「無知」不能相安無事。無知的世紀中最不堪的噩運是被強迫無知，裝出完美的無知相。

下面一個世紀的惺忪的眼裡不見歡喜的露液，只見惶惑的霧色，然而我們還得將沒有達成的願望如數交給它，不交給它又交給誰呢。

世上有兩種宗教並存，就足夠證明此兩種宗教的神主皆非全知全能全善全愛——道理自明。

世上有兩種以上的宗教同時存在，而且衝突，辯難詆毀不足，訴之於政治謀害，訴之於大規模的長期的戰爭——這就凜然憬然證明著神是人的製品，神是人的傀儡。

宗教的種類愈多，則宗教的意義愈少。至今還沒有一種宗教，昭然宣稱：「凡本A教信徒，必兼信B教，兼信C教D教任何教，阿門。」

宿命的勢不兩立的宗教，卻三立四立五立，人類能作的荒謬，無過於此。

有撒旦，有魔鬼，等於說上帝，神，不過是個相對的概念，權力有限，否則怎會容許撒旦魔鬼的始終存在。在能量的對比上，鬼計多端，往往使神一籌莫展，經上史上都這樣可恥地記載著。如果說邪惡的存在為的是試煉激勵人，是甄別好人壞人的方法手段——上帝用心何其刻薄殘忍，我在各種宗教的歷史故事中看夠了，我想：即使是一個天生的選民，胎中即具慧根的人，這許許多多無辜的殉道者的慘案，足可使之看清何者為妄誕。

尼采只反上帝，對耶穌是有著絕妙的同情，悌撫如兄弟，而且尼采對其他宗教是縱容的——他不是反宗教，僅認定了跟上帝作對，這一心態偏激得奇怪，是某種幽祕的病徵。是病理不是哲理。說十九世紀死了神，不能算是由尼采宣布的。如果十九世紀應列作信仰大崩潰的一百年，那麼「上帝死了」是指各種神都死了。因為我若有信天主教基督教的可能，我也就有信佛教伊斯蘭教的可能，這無非是有神論者的搬家、移民、塗改身分證。從有神論到無神論（其間有汎神論作平安過渡），十九世紀上帝之死的同時，其他的神必然一時盡死——我看看，十九世紀在這一點上沒有資格獲此殊榮，該世紀末葉還在浪漫主義的迴光中飄轉，科學哲學的理性哪裡就成熟到了足以一舉否定宗教。另一方面，宗教家才不在乎少數大異端的吆喝，任何一種宗教，信徒有的是。簇嶄全新的宗教也在東一處西一處地長出來呢。十九世紀死了上帝之說，是少數人圖一時之痛快。乾杯，還是喝了自己掏錢買來的酒。

「神」是一個斷又斷不掉續又續不了的觀念。愛因斯坦幾次幾次含糊其辭，不欲自欺不欲欺人，寧可說宇宙是無限而有限的，就不再是說神是存在而不存在的。既成的「神」，已太粗糙太宏觀。上帝、耶和華、如來佛、阿拉真主，等等，都是弄僵弄尷尬了的。汎神論行過之後，異化論又抽剝了一陣。二十世紀末興起的是另一種至今猶未定命的神的觀念，思考探索彼岸的、遠超人的理性的、語言感官所不及的異能異量。「宿命」這個詞的意義擴大到整個宇宙，要做彌撒必得是宇宙性的彌撒——做不了的，沒有這回事的。

當我在七四七飛機上遇見披羊毛與尼龍交織的袈裟，足登小牛皮製品的芒鞋的和尚先生，當我在曼哈頓的教堂裡聽著以電吉他配器搖滾樂節奏的讚美詩合唱，總有一陣一陣的迷惘，時空概念無著落——算是什麼，進化退化進退兩難……這個行將草草結束的世紀，科學家走得步子井然而快速。藝術家走得步子零亂而也不慢。宗教家原地不動。某些新興的教堂建築的現代派款式，抽象主義的基督受難像，變形的十架，還有中國街的珠光寶氣集工藝美術品之大成的菩薩——作什麼啊，各教的教義還只是這幾句話，因為是經典，不可增，不可減。也不問問何以神在古代說了這些話，後來怎麼一句不說了？怎麼從此一句也不肯說了？每個信徒都該在祈禱中提問。

教皇竟來宣布歷史上受宗教裁判庭迫害的科學家為無罪，即所謂恢復名譽——這倒不再令人哭而是令人仰天大笑了，即便是教皇在哥白尼、布魯諾等等的石像銅像下裎身長跪不起，觸首流血，也毫無意思。

如果說哲學沒有說明什麼，只表白了哲學家私人的願望，那麼宗教更沒有說明什麼，愈說愈迷離，那「願望」也糊成一片，像鍋兜底燒焦了的粥，焦味的熱氣，算是上升的祥雲——就說有天堂，樂園、長生不死、神與人同在，這樣的永遠失眠，永遠無所事事，永遠的不著邊際，是好受的麼。

宗教事小，信仰事大。宗教之虛妄，不言而喻，至多是片言而喻。那言不了喻不了的信仰對於哲學家只落得成堆的願望，不如數交給二十世紀又交給誰呢。

身心健康的古希臘人就知道，宗教是和文學一樣，是說著說著玩玩的事。凡事一當真，便假。因為引來了假情假意的人，假情假意的人群起而作真事——可想而知，可不想而知。

一杯咖啡喝完了，這場彌撒告終。不是玫瑰彌撒不是黑彌撒，相當於介乎玫瑰色與黑色之間的咖啡色彌撒，說來真不怕人見笑。

愛默生家的惡客

由於讀書太少，至今尚未見過有人專寫「沮喪」的文章。

李清照寫了一些，近乎淒涼。她的文字技巧太精緻，即使連用仄聲，還是敲金嘎玉，反而表現不了沉沉奄奄的心態氣氛。宋詞是種美文學，類似意大利的美聲唱法。

安德烈・紀德寫過一些，那是慵困頹唐，有心靈的生命在蛻變，作蛹期，年輕詩人必經之路上的一站。沒寫長也沒寫深，諒來紀德不存心去寫「沮喪」，用了「沮喪」這個詞，主意卻在別處。

西班牙作家中有幾個已經是很憂悒。英國作家中有幾個可說是多冥想的。阿左林、司密斯慣於傷感，細嚼寂寞，還不致沮喪。和馬拉美一樣純情。是暮色，不是夜色。

大概因為人在沮喪中時，拿不起筆，凝不攏神，百無聊賴，都嫌煩，嫌多餘——可見文學作品都是成於「沮喪」還未來到時，或者「沮喪」業已過去時。

其他如音樂、繪畫……都沒有表現過「沮喪」。試想一個舞蹈家，要舞「沮喪」，呆滯、韡萎，不欲一舉手一投足，舞蹈家兀自在臺角的暗影裡。這怎能形成藝術？舞蹈的極限藝術也不是。沮喪者不閱讀，不言語，不奏樂。「我本來有了聽覺，現在卻只有耳朵。以前我有了視力，而今卻只有眼睛。」[1]——那麼，藝術都是「興奮」，不同程度的興奮，甚至該說是某一層次的激動，全是精力的戲劇性。所謂恬漠、蕭閒、渾然忘機、乘化歸盡，仍是各有其內在的興奮激動，不像評論家好事家所樂道的那麼超脫、無為、心如古井、形似槁木。埃及、中國、希臘的古石像，看來安謐和平，那時，每尊都是叮叮噹噹碎屑紛飛，一斧一鑿地造做出來的。所有的藝術，表現了人的「有」。表現人的「無」的藝術是不可知的。

我不能一一徵詢於世人，然而知道大多數人是可能有過悲哀、愁悶、疲乏、神志渙散這些欲說還休的經驗。那是情感、情緒、生理、病理的事。沮喪非是病理生理情緒情感的事。

面前有一百男女，同時願意回答我的提問，我便問：

「誰曾沮喪過？」

如果一百個回答都是：

「我曾沮喪過。」
有的更說：
「我不只沮喪過一次。」
更有的說：
「我正在沮喪中。」
我能什麼呢，我能逐一問清，逐一解釋，最後那一百男女都會表示：
「真是的，我經歷的不是沮喪，其實我並沒有沮喪過。」
如果那一百個都是誠實的人。
在賓夕法尼亞州，有一個癱瘓臥床五十多年的女基督徒。她說：我有時不知不覺趨向沮喪。她說：有一次魔鬼在拍賣市場羅列它用過的工具，其中有一件形狀古怪，上貼「非賣品」標識，引得顧客圍觀，有人忍不住動問了。魔鬼答道：其他的工具我可以割愛，唯獨這件不行，它叫「沮喪」，若不藉著它，我就無法在人們的靈魂中為所欲為了。

那女基督徒已九十多歲，她說她戰勝了魔鬼。她是暗室中的王后，基督是主，是王，是新郎，將來迎娶她——一位待嫁的新娘自然是不沮喪的。夫家門第是那樣的有名望，夫婿的人品又是那樣的完美。

莎士比亞筆下的眾生，只有一個丹麥王子是沮喪者，那是在幕後，在臺後。幕前、臺前，戲劇要進行，王子忙得很，動作、說白、表情——一個沮喪者是做不到的。

沮喪的名優，拒演《哈姆雷特》。

莎士比亞筆下的沮喪者是在劇本之外，戲臺之外。

曹雪芹的筆觸也不漏掉「沮喪」，在怡紅公子的額上點了一點，然而旋即離題——按湯顯祖、曹雪芹他們的觀點觀念：情心即佛心，道的極致至多成聖，情的極致倒能成佛。下凡歷劫這種自圓之說，無限的美麗，只有東方藝術家才想得周全。所以賈寶玉沮喪了半個夜晚，寫了幾句偈，翌日又若無其事地找姊姊妹妹去了——奈何天，傷懷日，寂寥時，曹侯還能試遣愚衷，意思是百無聊賴之中，筆是拿得起的，神是凝得攏的。曹雪芹和莎士比亞兩大天才的晚年，都因失去了最眷愛的人而灰了自己的心。

我所說的「沮喪」，也不是莎士比亞和曹雪芹的晚年的「灰了的心」。

也許舊俄羅斯有「沮喪者」，例如列夫•托爾斯泰——他從小就有這種凡事追根的病，據自供：躺在沙發上，嚼巧克力，讀英國小說，便能治好他的沮喪（在年輕時）。或者，清早走到野地裡，看草尖上映著朝陽閃爍的露珠，也能治好他的沮喪（在年邁時）。他坦率，他無畏，他有許許多多話就是緘口不說，沒有寫出來的日記比寫出來的日記要多得多。這便是我所知的列夫・托爾斯泰。在偉大的人的面前，我們都好像是受騙者。

也許舊俄羅斯還是有一個沮喪者，詩人萊蒙托夫，或云萊蒙托夫筆下的畢巧林。在舞會中，在驛站上，立著走著，腰杆英挺，儼然貴冑架勢，一到無人的角落坐下，駝了背，垂了頭——這是「多餘的人」中不失為優雅正直的一個，俊傑厭世，括弧裡的英雄。

常識上的頹廢消沉，無不有緣有故，且是極為實在的緣故所致：事業上的失敗，情感上的挫落，信仰上的疑惑，身體的疾病或衰朽，人際關係的受委屈遭排斥……當實在的緣故能解決，有望解決，頹廢消沉便成為過去。甚至像那個被黜多年、龍鍾蹣跚的教皇，忽聞克日復位的喜報傳來，一躍而起，棄杖健步如飛。

沮喪則不然，沮喪無方而來，無理可喻，極難溯及其根源——我不能思考推理，只能胡亂猜測：悉達多在重新就食之前可能沮喪過。耶穌獨自徬徨曠野的四十晝夜中可能沮喪過。最後的客西馬尼園中，情況緊迫，有一瞬間一瞬間的沮喪，那是憂愁得要死，憂愁得叫出聲來的一夜，沮喪急轉為惶恐，他不能坍倒，只能站起，連沮喪也來不及了。

那麼，以利亞悶悶不樂坐在羅騰樹下凝視指甲發呆，大衛是不是憂悒，憂悒到一片黑，摩西也竟陷於自憐，自憐是自愛，佛洛伊德和弗羅姆認為愛和自愛是互不相容的，一方多了些，另一方就少了些——萬世共仰的摩西會是這樣的人？作成三千句金科玉條，一千零五首絕妙詩歌的所羅門，臨了卻說：「都是虛空，都是捕風……」日光、月光、燈光，任何光下都無新事。

古先知們大抵如此，中世和現代的先知就反而不明其性相了。中世和現代的先知更強項？剛愎自用？抑是較為痲木？（有痲木的先知的嗎？）是否變得善於掩飾，像歌德那樣，偉大到適可而止？大家都想知道拿破崙究竟對歌德說了什麼悄悄話，歌德始終不肯透露。而拿破崙從埃及法老墓中出來時，神色大變，問他，他也一言不發。這類黠智，令人悵惘，近代的文明偏是由此類黠智交錯構成的。

「沮喪」並非無方而來無理可喻，它是位於無數度「知人之明」之後的一度「自知之明」。

這樣的「自知之明」已是一把劍，在「知人之明」之上反覆磨出鋒刃的劍。連劍柄也磨出了鋒刃。這通體銳利的東西難於執著，卻分明在你手中。

有著獨特的性格、獨特的思想、獨特的行為的人，一旦「沮喪」，就意味著他看清了這性格這思想這行為究竟處於哪一個交錯點上，即是：他毫不假借地直接與歷史和世界的經緯度相對，進而他不能不置身於宇宙的整個時間空間的觀念裡……他失重、他失值，不論他是偽金幣真金幣，際此一概無用。他失去了那所謂真善美的憑藉，他便形銷骨立——此緣此故非比宗教哲學之尋常；未知生焉知死，未知死焉知生，兩句話都沒有說明什麼。藝術又是宿命地表現不了人生，因此也慰勉不了人生，所以從來不見有先知們的「沮喪」的記錄。

人生的真實是藝術所接受不了的，因此我們到了某種時刻，也接受不了藝術。藝術是浮面的，是枉然的興奮，徒勞的激動。

所謂偉大的性格、偉大的思想、偉大的行為，世界只承認其業績。旅遊者看到的是高高低低的紀念碑，偉大而無紀念碑的人也許更多，因為他們不像歌德、蒙田那樣肯屈尊，肯隨俗。也不像紀德、沙特那樣地樂於比持久，爭不朽——荒謬，如果按卡繆的說法，荒謬只是起點，不會是終點，也不連同其過程，那還說什麼呢。

（一個從來沒有沮喪過的人，眾先知團團圍住他也沒用，沒有意思。先知們便退開，散得無影無蹤——這是圖書館的寓言。）

現實生活中則全世界都是雞，都是雞味、雞精。我們誕生得太遲，或許是太早，梵樂希就想回到十八十七世紀去，李維史陀只求活在十九世紀他也就滿足了——現在正巧是一個先知輩出也無濟於事的時代，談不完的卡夫卡，其實他是個「預兆」，二十世紀的不祥之兆，他的作品、人、臉、眉目，都是「預兆」。並沒有「卡夫卡」模式，縈心不去的是「卡夫卡現象」。「存在主義」是悶室中的深呼吸，「存在主義」居然能存在，是本世紀的一大僥倖，一大美談——但願下一個世紀中人不再說出像梵樂希、李維史陀那樣的孩子氣的傷心話。尤其是李維史陀，既然把一部人類文化史分出了「寒社會」、「熱社會」，又何必為那註定非消失不可的世界哀悼個沒完沒了。

這樣的令人沮喪的年代中，唯一的娛樂是「在哲學家的專獵區裡偷打幾槍[2]，歸來途經愛默生家，不免進屋坐坐」。

擁有無數雋語箴言的愛默生勸勉道：

「一個人如果能看穿這世界的矯飾，這個世界就是他的。」

說得真亮，說了古先知們沒有說也說不出的話。

不知亞里斯多德對「沮喪」有否下過定義，我對「沮喪」的定義寧是這樣：

「正當看穿這世界的矯飾而世界因此屬於他的時候，他搖頭，他回絕了。」

（那位於無數度「知人之明」之後的最末一度「自知之明」就在此時出現。）

凡是有紀念碑或雕像的先知、哲士，就在搖頭回絕之後又點頭接納這一過程上，顯示出他們的性質來——其間有一度便是「沮喪」。如果他搖頭之後遲遲不再點頭，那麼他便是我所說的「沮喪者」（他沒有紀念碑、雕像）。

仍用愛默生的話來繁衍：

一個人不能看穿這世界的矯飾，這個世界就不是他的，他不配搖頭，更不配搖頭之後又點頭——他不是先知、哲士，他也從來沒有沮喪過。

我問道：

「世界，是人的世界？」

「是的。」愛默生答。

「世界的人和人的世界因此是共存的？」

「無疑是共存的。」

「在最終的意義上，人等於世界，世界等於人？」

「我也這樣想這樣說了。」愛默生認為這已是常識。

「簡言之：人看穿了世界就得到了世界？」

「您重複了我的話！」言下有嫌我囉嗦之意。

「那麼，世界等於人，看穿了百般矯飾的世界等於看穿了百般矯飾的人——那被看穿了的百般矯飾的人一樣的世界，向您走過來，對您說：我是屬於你的。先生，您接受他嗎？」

愛默生所創造的千百個警句一齊向他閃閃眨眼……他忍俊不禁，笑道：

「您是卡里尼[3]，您拉我演戲！」

我亦笑道：

「您明知『不論他娶不娶，他都會懊悔的』。」[4]

「是呀，我還節引過蘇格拉底這段話呢。」

我按捺不住：

「即使這世界改悔了，去盡矯飾，事情也沒有完，還有個離不開的荒謬的母親。」

「宇宙。」

……

愛默生、蒙田，即使是不幸的蘇格拉底，他們的懷疑主義總還是月明星稀、言笑晏晏，哪裡會像我這樣風雨交加、張皇失態呢。

幸而最簡單最笨重的邏輯還有用處，好像我是活在石器時代木器時代，玩玩這種石製邏輯木製邏輯，過了一天又一天。

附注

1 梭羅（Thoreau）原詩：「我本來只有耳朵，現在卻有了聽覺；以前只有眼睛，現在卻有了視力。」

2 李維史陀（Claude Levi-Strauss）。

3 卡里尼：意大利著名喜劇演員。

4 有人問蘇格拉底，他是否應當娶妻，蘇格拉底回答：不論他娶不娶，他都會懊惱的。

許願

見得多了，我是說人們把錢幣投在泉水裡，全世界的男女都這樣，都是軟弱的，希望自己幸福，羅馬的特里維噴泉尤其有名，因為尤其是這樣。它被樓房圍繞，不過有好幾條街都可通達。泉邊石階上，多多的人。要把錢幣拋入噴泉是不容易，泉底佈滿各式金屬片，一片一願，都曾在心裡冥祈默禱。每天有專職者來掏取錢幣，似乎傖俗不敬，然則任其累積又何以堪。可見「虔誠」的付出既是有限，「虔誠」的接納也不能無限。它叫「許願泉」。

我退遠些，背向噴泉，用右手經自身的左肩拋出一枚美國製造的硬幣。

「好啊！」——一個女孩的叫聲。

迴身看了她，再看泉底，再感謝似地向她展笑。

「什麼願啊？」她走近來，她的目光使我不以為冒昧詢人隱私。她非女孩，將近三十歲。

「為一本書，原是不值得許願的。」

「您寫的書？不值得？」

「寫了二十本，都被燒死，才希望第二十一本誕生。」

「特里維噴泉祝福您。那二十本，燒死？」——不能怪她，是我的鄉愿氣引起了別人的好奇心，我得改變說法：

「薩蓬那羅拉之火。」

她蹙眉而笑，準是本地人，記得自己國家的歷史。

「您是中國人。」她也迅速判斷。我搖搖頭，直視她的眸子。

「您是中國人——這個世紀只有德國中國才有過薩蓬那羅拉之火，您不是德國人。年齡也不對。」

「兩次大火，也可以說前後四次大火，哪一次更可怕？」

「前三次是野蠻、無知而殘暴。第四次是卑劣、狂妄，尤其可惡。雖然來不及蔓延到全世界，它的罪孽，銘刻在全世界的恥辱柱上！」

「可惜能看清這種罪孽的世界性的人，太少……只有您一個。」

她揮了揮手（不解其意）。

誰吹著口哨走過……

特里維噴泉連接著皇宮的側面外牆，中間的拱形壁龕前是海神普賽頓。路燈霎然亮起，遊客們歡呼。每次旅行飛機著陸時，乘客們會拍手，人類童心未泯，似乎依然值得施救，值得拯救，其實是歷代彌賽亞的一己之錯覺，倒是這錯覺來自一己之童心。春天可不是冬天的改悔。

燈光使噴泉的水珠閃閃生輝，羅馬顯得年輕了些。她也年輕了些。

「我還想投一枚錢幣，可以嗎？」

她點點頭，讓開幾步。我同樣轉過身體，用右手從左肩拋出。

「噢——」她的輕呼使我知道這次沒有投中。

「是什麼呢……也有這樣的事……如願還是不如願更好。」

「是的，願望多數不是起於深思熟慮之後，反而是起於深思熟慮之前。」

「如果第二個不如願，會影響第一個的如願嗎？」

「不會……但影響到第三個。」

她慈藹地一笑，而且說：

「是個多元人。」

「您呢？」

「從來不投錢幣在泉水裡。」

「回家途經特里維？」

「跟蹤，我在您後面走了一段路，想和您談話。」

「剛才說的那些嗎？」

「不，那是意外的。在跟蹤時想的是中國的文學（『漢學』，是錯的），方塊字，不是歐羅巴的教師所能解釋，而中國人在歐羅巴講學的，連我也聽得出來，儘是些『言不及義』。即使有高明的（沒有遇見過，我設想）必然是缺乏耐性，我尋找一位高明的有耐性的中國教師。」

（我們這樣談著時，已坐在咖啡店的椅子上。落日鎔金，獸雲斑斕，天空是多麼羅馬。）

第二天相約在洛維納廣場中心見面。夜，微雨。

四河神噴泉是柏尼尼設計的，指非洲尼羅河，亞洲恆河，歐洲多瑙河，美洲普拉特河，當時的概念只能是這樣。以為這樣就統吃世界了。現在弄得羅馬本身的治安情況極差，差極了。

她不像上個夜晚那麼話多，一天識得兩百個方塊字有什麼用呢，去中國開Pizza鋪子有什麼意思呢，當我笑她是過時作廢的女馬可・波羅，她才抬起頭來反駁：

「那你為什麼來羅馬？」

「知有羅馬，不知有你。」

「你不覺得自己在裝作聽不懂意大利話麼？」

「……講和吧……重新開始回答……嗯？」

「你為何是中國人？」
「因為無權選擇。」
「假設？你有此權利。」
「生在中國而離開中國。」
「你如願了。」
「不，生得太早，離開得太遲，全錯。」
「談我吧？」
「也給你選擇權。」
「願生在羅馬離開羅馬回到羅馬，是個男孩。」
「也幾乎全錯。我們平等了。」
「你是中國人，這是宿命。」
「你也宿命。」
「中國人已經很平庸，已經不是古典中國人的後裔，但是仍然有非常神奇的『返祖現象』，如漆的眸子，與之相比，鄧南遮的綠瞳只能算是貓兒眼。」

「說得很滑稽。你一直在考究中國和中國人？」

「何止中國。與捕鯨隊員談野獸是無趣的。」

「你博識，那是你的事。不必把我列入捕鯨隊。」

「請原諒，我濫用比喻。」

「……回到前面吧，你能說明那『神奇』嗎？」

「有點兒知道，怕用詞不當。」

「說出來，允許更改用詞。」

「——極大的痛苦，痛苦到了毫無痕跡，中國的藝術是這樣的。中國的宗教、倫理、哲學、武功，幾乎都是這樣。」

「那又只有你知道。」

「會知道的，不過還早……很慢。中國史，一直是痛史。」

「先知與女巫的區別點在哪裡呢？」
「古代是沒有區別的，現代是沒有先知也沒有女巫，區別什麼。」
「現代有些什麼是古代所沒有的呢？」
「兩種，一種是至死不吐真言，因為是沒有什麼可吐，另一種也是至死不吐真言，因為始終不屑吐。」
彼此並無怨尤，相同的是悵惘，不同的是她比我仁厚。
條條道路都可以離開羅馬。
回歸北美洲，我的排行第二十一號的書出版了。寄意大利拉菲拉·德·勞倫蒂斯小姐收（當面我叫她 Sibylla），分手時她至多識得五六百個中國字。後來她試圖用中文寫信並沒有成功。故此書的作用，只證明特里維噴泉靈驗無爽。她的警句「痛苦到了毫無痕跡」等等，自有其巫性的深意，意大利女人不去唱歌而去沉思——好一個闖入哲學家禁區偷獵的女鎗手。在諸大古賢的著作前，能說上幾句嬌憨的傻話，算是我們後來者、遲到者的蔭福。當我們的真心實意的行為被人充作調侃的資料時，我們也成了「古人」。「藝術」呢，簡言之就是「痕跡」，再高貴的痛苦也昇不到毫無痕跡的境界。我佩服她的是，她隱隱體知中國藝術家的「潔癖」，潔癖者無不為「痕跡」所困。藝術是煩亂的，雖然非藝術的那些，或更煩亂。

羅馬有一千三百多個噴泉，我要致謝的是：

畫家Y.T.先生，音樂家M.M.女士。

一九八三年夏季，伉儷從巴黎來紐約，都是齟齬澄澄的中年人了，沒飲酒，喝可樂，儘談，談得彼此童心畢露，未曾見過我的文字蹤影，卻說：「不要結婚，要寫文章，一定寫。除非妻子能……但，還是不結婚最妥當。」——相反的說法是常常聽到的。所以我徇從了這個難得的勸導，所以這本書是獻給他倆的，所以夏卡爾總在艾菲爾鐵塔旁邊加一雙天使。

我要致謝的是：

詩人Y. X.先生。

一九八四年春初，詩人的信從巴士海峽來，又來，他的詩文本是特別令我心折神馳的，讀近代中國詩，至此才深深驚喜歎佩了。他也像吳爾芙夫人他們那樣執有某種繆斯的權杖。在一次「散文朗誦會」上，詩人朗誦了〈林肯中心的鼓聲〉的片斷（他竟自己擊鼓！）使我不知如何是好——我將會知道如何是好的。

再有C弟，他是讀我原稿的人。紐約的冬和夏，戶外並不好受，回想起來就奇怪，都在公園的冷風裡，教堂石階的烈日下，讀這些零零落落的草稿。不是閱，是讀，他說有種生理上的快感。那是他的事。

最後感謝S. Y.女士的英豪慷慨，不是她的敦促，至今我還待在亞細亞的一角夢想阿美利加、歐羅巴。夢想與現實之不同就在於為了現實才起夢想。一個使你的夢想開始化為現實的人，必是最應該感謝的。是這樣的。

唯有永遠不完地感謝才是感謝，感謝一停，便是忘恩負義了。

特里維噴泉毋須致謝，「人」只看見偶然性，能知必然性的是什麼就無以名狀稱呼，就遠遠高出我們之上，金字塔亦一塵埃耳，何況是拿破崙在金字塔畔讀的書。特里維噴泉所應驗的宏願千千萬，以我這個為最寒酸，也許大家都寒酸，「神聖羅馬帝國」也是寒酸的，當一切過去之後或到來之前。

輯三

韋思明

回望已不見九江，再下去是皖口了。

李涉晚食既畢，想出艙看看暮色景象，卻聽得雨打篷頂的沙沙繁響，也就提壺自斟，耐住這無人應答的寂寥。

一壺將盡，雨聲住了，雖然天光已晦，他還是站上船頭，舒氣遠眺，這條水路他是熟識的，那竹林後面的村落俗稱井石砂，李涉揚聲詢之船艄的老大，證實他的記憶不錯。此番坐的是自雇的單桅帆，業主係同族遠親，飯菜適口，坐臥晏如，很想兜搭幾句家常便談，一時也揣掇不出什麼漁樵閒話來，卻見兩岸蘆葦叢裡駛出一條小艇，四人四槳，直對帆船而來……

李涉懊悔了，九江的父老是說近來皖地不靖，水路忌夜行，趕程至此不啻自投羅網，雖未帶多少財物，就怕賊子惱火，胡亂行凶。

艇子一槳一槳地逼近來，清亮的嗓音隨之滑過水面：

「船家聽了，請問船中何人？」

李涉一時心亂，不知該不該自報姓名，只聽得船主高聲叫道：

「船中李博士，李涉博士專船也。」

那艇上棄槳端立者依稀是個少年，見他拱手道：

「若是李博士，不敢無禮，久聞詩名，願題一篇足矣。」

李涉想笑，轉身落艙，旋即研磨提筆，略一凝神，寫道：

暮雨瀟瀟江上樹
綠林豪客夜知聞
他時不用逃名姓
世上如今半是君

李涉將詩箋裝入信封，付船家遞去，隱約見那豪首高抬兩手來接，並拱了幾拱以為儀禮——李涉探首窗口，見此狀也不由得舉臂作揖。

詩呢，自以為寫得還可以，疾言刺世，直可寫成「世上如今全是君」哩，而少年豪首如此，盜亦有道見之於今日矣。

船主沏了一壺好茶，進艙來給李博士壓驚，李涉大喝一口，連聲稱謝，問：

「人罹災難，奇渴，何以故？」

「我亦復如此，不明何故也。」

大約過了六十年光景，李彙征出遊閩越，至循州。日暮經一村莊，欲投宿而不得其所，俄見綠楊深處，青瓦粉牆，縛柴編竹，次第井然，叩之，主人自出應對，稱韋思明，年逾八十，精神矍鑠，與論詩，透闢淋漓，誠不薄今人愛古人者也，是夕，春韭黃粱，俱如故事，杯盞間評點本朝詩家，及李涉，韋丈愀然變色，傾言弱齡浪跡江湖，結交歹強，為不平事亡命而竟不死，幸遇李涉博士於江上，得贈一詩，從此革面洗心，以義謀利，守拙田園，得終天年，此皆拜李博士之所賜也。

大宋母儀

孝宗乾道年間，開封府尹曹瞻，聰察廉明，吏事果斷，天性純孝，生平最惡忤逆子。此日升堂，人犯帶到，見是個怯生生的男童，年可十五六，秀孌文弱——心裡起了疑惑，拍響驚堂木，問道：

「你娘告你不孝，是何理說？」

「小的年幼無知，也讀過幾行書，豈敢不孝父母，只是生來苦命，亡了父親，又失母歡，就是小的罪大，憑老爺打死，以安母親，別無他說。」

那男童姓章名達仁，口齒清朗，雙目直視，說罷淚如雨下。

府尹惻然以思，小小年紀會說這番話的，怎如忤逆敗類，除非是十分伶俐刁滑，眼神卻又不像——便傳原告楊氏。

楊氏青服緇裙，穩穩走上堂來，自揭頭上玄帕，髮髻嚴淨，低頭垂手站定。

「你兒子怎生不孝？」

「小婦人丈夫亡故，他日日慣就自做自主，半點不由管束，小婦人稍加訓說，他便胡言亂罵，本道孩子家，不與他一般見識，哪知愈發猖狂，只得請官法處治。」

府尹問達仁：

「你娘如此說你，你有何分辯？」

「小的怎敢與母親辯，母親說的就是了。」

「莫非你娘有甚偏私？」

「我娘向來慈愛，並無半點偏私。」

府尹喚起達仁，命近案前，抑聲相語：

「你可直說，我與你做主。」

達仁叩頭：

「實在別無緣故，總歸小的不是。」

「既如此，我就要責罰了。」

「小的該責。」

至此府尹曹瞻疑惑愈深，故意喝聲：

「打著。」

當下拖翻，施了十竹箄，之間楊氏面上全無不忍之色，反跪下來高喊：

「求老爺一氣打死！」

府尹問：

「此是你夫前妻之子？妾出之子？」

「是小婦人親生的。」

府尹轉問達仁：

「這敢不是你親娘？」

達仁哽咽道：

「是小的生身之母。」

「如何這等恨你？」

「連小的也不曉得，只求依著母親，打死小的罷。」

「果然不孝，不怕你不死。」

楊氏見府尹說得嚴厲，連連叩拜：

「只求老爺決絕，小婦人也得乾淨了！」

「你還有別的兒子？或是過繼的？」

「並無別個。」

「既然只此一子，我戒誨他改過自新，留他性命，養你後半世也是好的。」

「小婦人情願自過日子，不情願有此逆畜！」

「人死不能復生，你可悔之莫及？」

「小婦人不悔！」

府尹起身，擺袖道：

「楊氏聽著，明日買一棺木來，當堂領屍！」

楊氏淑貞，幼失怙恃，十五歲嫁與河南開封府章姓，家道從容，夫婦恩愛，期年生子取名達仁，十二歲上，乃父病瘵，參藥罔效，彌留之日，楊氏悉心服侍，通宵無寐，既逝，悲摧絕粒，痛不欲生，上無公姑，下無族黨，只能節哀強立，主持門戶。所幸達仁秉性穎慧，分憂分勞，相依為命，夜來一燭熒然，書聲琅琅，為娘的心只往兒子前程想。眼看百日將近，思量做些齋醮功果，多多超渡亡魂。

本地有個紫雲觀，乃道流修真之所，知觀的道士梁妙修，是日正在窗下書寫文疏，見一年少婦人，挈著孩童進觀來，不覺已到面前欠身作禮，梁知觀擱筆離座答揖：

「何方寶眷，甚事相投？」

「小妾章門楊氏，因是丈夫新亡，欲求渡拔，故攜親兒前來，母子虔心，特求法師廣施道德，利濟冥途。」

知觀略一凝神，便道：

「既是賢夫新亡求薦，家中必有孝堂，此須在孝堂內設籙行持，方有專功實際，若只在觀中大概附醮，未必十分得益，憑娘子心下如何？」

「若得法師降臨寒舍，乃萬千之幸，小妾母子感激不盡，只待回家收拾停當，專等法師則個。」

「幾時可到宅上？」

「再過八日，就是亡夫百日之期，意要設建七日道場，須得明日起頭，恰好至期為滿，如蒙法師侵早下降便好。」

「明晨準造宅上，必不失時。」

楊氏取出銀子一兩，先奉作紙紮之費。

次日清曉，梁知觀領了兩個道童，另有火工道人肩挑經箱卷軸之類，一徑擇近路往章家來。

楊氏只為兒子幼稚，內外都自作主持，與知觀拜見了，接入孝堂。

知觀與道童火工動手張掛三清眾靈，鋪飭齊整，便嗚動法器，宣揚大概，啟請、攝召、放赦、招魂，順序做折了一回。

楊氏出來，上香禮聖，梁知觀領道童誦經既畢，手執意旨，命楊氏並同跪著通誠，相距半尺許，道袍異香撲鼻如薰，楊氏耳中只聞宣白抑揚有致，甚是精神好聽……俄而聲歇，夢醒般直起身來，轉到各神將的座下插香稽首，帶眼瀏覽道場光景，但覺金紅耀眩一片，兩個道童烏髮披肩，頭戴小冠，臉子新鮮，心想這些出家人倒是與凡俗的不一樣。

楊氏退身轉入孝簾內，兀自向外凝眸。

看看上了燈，吃過了晚齋，丫鬟已收拾好一間潔淨廊房，與師徒三人安息，梁妙修打發火工道人回觀，自與兩個道童一床宿了。

天明，外邊聲響，楊氏叫丫鬟舀湯提水出去服侍，兩個道童倚著年小，進孝堂來討東索西，纏夾得熟份起來，楊氏叫住一個：

「你是甚名字？」
「小道太清。」
「那位大些的呢？」
「他名太素。」
「你倆昨夜誰個與師父做一頭睡？」
「一頭睡便怎麼？」
「只怕師父有些不老成！」
「大娘倒會取笑。」
道童嘻嘻地走去，對師父悄聲說了。
梁知觀過來與楊氏作禮後便道：
「明日齋壇第三日，小道有法術攝召，可致得尊夫亡魂，來與娘子相會，娘子心下如何？」
「若是果真，可知好哩，不曉得法師如何作做？」

「須用白絹搭一條橋在孝堂中，小道至誠攝召，亡魂便可渡橋而來，只宜親人靜守，勿為外人沖犯了。」

「親人只我與孩兒兩個，孩兒尚小，就會他父親也無緊要，奴家須是要見丈夫一面，在孝堂守著，看法師作做罷。」

楊氏到內房開箱取了白絹兩匹，知觀也不喚道童，徑與楊氏挪動抬桌，架作橋墩，再將白絹來回繃起，外邊望來，白漫漫一片不見別的。

梁知觀在堂口吩咐道童：

「你二人好生守門，我在內召請亡魂，外人窺探要破法術的，切切小心，不得有誤！」

楊氏叫攏兒子丫鬟：

「法師召請亡魂與我相會，你等只在房裡安靜，不可走動囉嗦。」

達仁嚷著要見爹爹。

「我的兒，法師說的，生人多了陽氣盛，召請不來，你要看不打緊，萬一為此召不來，也就辛苦白費了，且等這番果然召得爹爹來，往後教你相見便是。」

說著催促達仁和丫鬟進房，掩門反鎖了，獨自踅進孝堂坐著。

知觀拴好堂門舉起權杖槖槖敲響，口誦至心朝禮玉皇大天尊，俄而漸露笑容，眗著楊氏道：

「請娘子轉去靠在魂床上，亡魂就要到了，只有一件，雖召得來，卻不過依稀影響，似夢裡相見，與娘子恐無大益！」

「但望會面，一訴苦衷，說甚有益無益。」

「夫妻不能盡魚水之歡，相見豈非枉然！」

楊氏起身道：

「法師如何說到此話？」

「我有本事將亡魂召來附在身上，若有一些勿像尊夫，憑娘子以後不信罷了！」

「好巧言的賊道，倒會脫騙人！」

梁妙修丟開權杖，一步搶前抱定楊氏攛翻魂床上。

「多承娘子不棄，小道粉身難報！」

「我既被你哄了，如今只求相處得長久則個。」

「直須認作親，你我姑舅兄妹相稱，如此兩下往來，瞞得眾人過。」

「……也有理。」

「娘子貴庚？」

「二十六。」

「小道長一歲，叨認你的哥了。」說著起床端整衣冠，又將權杖敲響，眼看楊氏料理穩妥，知觀開門，高聲對道童宣申：

「方才亡魂召請來，告知主人娘子原是你師父的表妹，一向都不曉得，倒是陰間靈通，明白說出，我問了主人娘子詳細，證見果然的確，而今是至親了。」

「自然是了，至親了！」一道童眉開眼笑，直視著楊氏。

楊氏也開啟房門叫達仁出來，把道士的話說上一遍，便要兒子認舅舅，達仁滿心納悶，沒處遁避，低眉抑聲叫了「舅舅」，慢慢踱到大門口，仰望長天，一碧無雲。

過了七晝夜，壇事已畢，百日孝滿，收拾道場，楊氏從豐酬謝他師徒三眾，暗內早經約定相會之期。

達仁仍去學堂讀書，早出晚歸。午間自有道童來傳消息，只等夜深兒子睡著，楊氏開門接進梁道士。丫鬟自是買囑妥了的。如此年復一年，竟無破綻間阻。

達仁歲數漸長，母親這些手腳落在他眼裡，日益沉默悒鬱。某日書房課罷，同伴戲謔，稱他小道士，達仁頓時滿臉通紅，奔返家來，嘎聲道：

「有句話對娘說，這個舅舅不要再上門來了，人家叫我作小道士，這笑話兒子擔待不得！」

楊氏臉上兩點赤暈從耳根透到眉心，起手在兒子額頭鑿了兩個栗爆：

「小孩子不更事，舅舅須是你娘的哥，就往來誰人管得，哪個天殺的對你講這混帳話，等娘尋著塞他一嘴爛汙泥！」

「前年未做道場時不曾見說有個舅舅，就算果是舅舅，娘只與他兄妹相處，外人何得有說？」

「好兒子，幾口氣養得你怎大，你聽了外人半句，竟敢嘲撥母親，要這忤逆的做甚！」

說罷敲臺拍凳，嚎啕起來，達仁吃慌，跪下求道：

「兒子不是，娘饒恕則個。」

楊氏見此模樣，便止了哭：

「今後再不要聽人亂說？」

達仁點頭無言，心想我且冷眼張著，直須捉破了，才得杜絕。

夜闌人靜，達仁睡過一覺，轉側間似聞咿呀之聲，撩帳果見房門開了，起身到娘的床上探手，有被無人，即去將房門掩攏門好，掇張大凳頂住。

堂中靈位已撤，魂床仍舊，四周添置屏障，圍得緊簇，道人一心裡邊躺著，楊氏躡來就他，每到天色將明，放出道士，回房假寐——如此習以為常，怎知這夜轉來推不開房門，總是兒子作怪，呆坐到天大亮了，達仁出來，失驚道：

「娘如何在房門後坐地？」

「夜裡外邊腳步響，恐是賊偷，出來看看，你如何把門關了？」

「我也見門忽開，怕有賊偷，又頂得嚴嚴的，娘在外邊何不叫兒開門，卻坐了這一夜，是甚意思？」

楊氏無言，轉身自去洗臉梳頭。

一宅靜悄，但聞簷雀啁啾。

「你年紀長成，與娘同房睡有些不雅相，堂中這張床鋪得好好的，今夜起你在堂中安置罷。」

達仁自也應承，日裡外出讀書，夜眠堂中愈加留心察聽，忐忑愁苦，淒然淚落，繼之實在睏乏欲寐，強自睜眼對著暗黑，後邊小門忽響，隨之閉而落門，俄頃楊氏的房門也關了，達仁念慮做兒的不好捉母的事，只去吵它個不寧，便赤足潛行，摸取覯索一根，將娘房的門環輕輕紮結，轉身溜到庭前，端了桶尿放在窗下，又將半破的糞缸移去傍著尿桶，洗過手腳，進堂倒床便睡。

雞叫兩番，道士披衣欲出，房門再拽也開不得，楊氏惶急，便叫從窗戶越走，道士慌忙撩袍跳將下去，右腳踹入尿桶，左腳做不得力，又踩在糞缸裡，急抽右腳，尿桶絆倒，一跤跌去，嘴唇磕裂，穢物汙了半身，扎煞著起來淋漓逃竄……楊氏在房中聽得劈噗之聲，天色尚黑，望不見窗下究竟，只聞臭氣直沖，兀自疑惑不解。

達仁起來，解了門環的索結，再趕到窗下，不顧邋遢，把糞缸尿桶移回原處，只當無介事。

楊氏恨煞兒子，亟要與道士商量對策，梁妙修養傷不出，幾多天過去，太素在窗下打唿哨，楊氏速速開門，拉了他的手進屋便問：

「日裡他學堂去，倒不如即請你師父過來定個主意。」

「十分師父不得工夫，小道權且替遭兒也使得！」

「細奴才，你也來調排我，看我對你師父說，還不打你下截。」

「我下截須與大娘下截一般，料師父捨不得打。」

「細奴才討死。」楊氏舉手揮去，卻勾住太素的脖子，湊臉做起嘴來。

次日近午，梁道士果然到了，楊氏含笑接進房中：

「如何那夜一去再沒音信？」

「你家兒子精明異常，這事總是不成的了。」

「我無尊長拘管，只礙得個小孽畜，不問怎的，結果了他，便得大自在，這幾番我也忍不過他的氣了！」

「親生兒子，怎捨得？」

「親生的，正在乎知疼著熱，才算兒子，卻如此拗彆攪炒，何如沒他倒乾淨哩。」

「須你自家發得心盡，我們不好攛掇。」

「且耐他一二日，你今夜放心來，就是有些知覺，也顧不得，隨他便罷，沒本事奈何我。」

這日館中先生要歸家，早早散了學。達仁在路上撞見梁知觀，勉強叫聲「舅舅」，心想必是去過娘那裡的，今夜又有事來。

到家楊氏問道：

「今日歸的恁早？」

「先生回去了，我須有好幾日不消到館。」

楊氏悶聲道：

「可要些點心吃？」

「正想吃了睡覺去，連日先生加課，積攢得好辛苦，渴睡些個。」

楊氏目色轉明，便叫丫鬟快端整點心，看著兒子匆匆食畢，抹嘴哈欠，轉入堂中。

達仁和衣躺下，朦朧了一瞭，定神睜目，斜靠在床橫，直待四里黑靜，悄悄起來，只見前門閂著，後邊小門虛掩，便輕輕拴了，掇張竹椅，坐到起更時分，那小門有人推了幾下，繼之彈指兩響——達仁逼尖嗓子，對著門縫陰聲道：

「今夜來勿得了，回去罷！」

楊氏在房中坐臥不是，見更餘了一無動靜，便命丫鬟出看，丫鬟摸黑到後門，觸著達仁肩頸……

「賊婦，做甚勾當！」

丫鬟尖叫一聲，逃回房來顫抖道：

「嚇殺我了！」

「法師呢？」

「不見來，倒是小官人在那裡！」

「這孽畜一發可恨，如何使此心機。」

楊氏自知理短，呆了半晌，又叫丫鬟去探聽，返說小官人已不在，外邊上也無影蹤。

楊氏嗒然就寢，轉輾枕蓆，二更三更聽過，四更後才迷糊睡去。

天明見了達仁，心裡忍制，口中不覺發話：

「小孩子家晚間不睡，坐在後門口做甚？」

「又不做甚歹事，坐坐何妨？」

轉眼楊氏亡夫忌辰又到，對達仁道：

「你可先將紙錢，去你爹墳上打掃，我備些羹飯，隨後抬了轎來。」

達仁暗忖忌辰何必到墳上，且要我先行，又有蹊蹺，便應允著一徑出門，直望紫雲觀走。

梁知觀惴惴問道：

「賢甥何故至此？」

「家母就來。」

知觀疑慮，他母子兩個何時做了一路？

稍待果見有小轎停落門外，楊氏出簾，猛抬頭見兒子垂手站著：

「娘也來了。」

「你父忌日，故來此向你舅舅要符籙燒化。」

「兒也這般想，忌日上墳無干，不如來央舅舅為好。」

梁知觀免不得陪茶備饌，寫畫了幾張黃紙。楊氏一再打發兒子先走，達仁只道隨娘轎行為是。

楊氏上轎，吩咐回家，在轎裡一程恨一程，主意漸漸定實。達仁終究年紀小，趕不上轎速，想想不過是家去的路，就鬆氣懈下來。

楊氏在轎中回望，已不見兒子身影，卻有一人從斜徑竄上前來，乃是太素，便叫到轎邊來，耳語道：

「虧你聰明！今夜我自用計遣開小孽畜，你師父必要來定奪一件大事則個。」

「師父受驚多次，不敢進大娘家門了。」

「今夜且不要進門，只在門外拋磚為號，我出來相會說話，再看光景行事，萬無一失！」

楊氏丟過眼波，又添道：

「你也來，管你有的！」

太素顛頭聳腦重入斜徑而去。

是夜楊氏做了幾色好菜，叫兒子到自己房中來。

「我的兒，你爹死了，我只看得你這樣一個，你何苦凡事與我彆扭！」

「專為爹爹不在，娘須立個主意，撐持門面，做兒子的哪有不依從，只為外邊人言三語四，兒子實在勿伏氣！」

「不瞞兒說，娘當日年紀後生，有了些不老成的，故見得外邊造出的話來，今時已三十多了，懊悔前事，只圖守著你清淨度日便罷。」

「若得娘如此，兒子終身有幸。」

「你若真不怪娘，須滿飲這杯！」

達仁接杯在手，沉吟不飲，楊氏取回來一仰而盡，達仁連忙把壺來自斟：

「罰兒三杯罷。」

「我今已自悔了，故與你說過，你若體娘的心，不把從前記恨，就陪娘吃個盡興！」

達仁心裡歡喜，斟了就吃，吃了又斟，天旋地轉，丫鬟扶他去房中躺倒，楊氏自語：

「慚愧，也有這日著了我的道兒！」

屋上瓦響，忙叫丫鬟開後門，太素閃身進來：

「師父在前門，叫大娘出去則個。」

楊氏命丫鬟坐守房門，暗中拽了太素往堂前來，太素抱住楊氏做嘴，楊氏展臂緊摟道：

「細奴才，今且勾了前帳！」

梁道士在門外苦等久久，正欲退走，卻見楊氏開門，氣咻咻地道：

「小孽畜吃我灌醉了，你儘管進來，趁此時送掉他！」

道士入門後便叫太素回去，坐下呷過幾口熱茶，盯著楊氏，搖頭歎氣：

「使不得，使不得，親生兒子你怎捨了結他？」

「就我是親生娘，外人不疑。」

「你我的事，須都有曉得，若擺佈了兒子，你不過是故殺子孫，根究到頭來，我須償命去。」

「如此怕事……留著他，不得像心像意。」

「何不討一房媳婦與他，勿煩你了。」

「愈發使不得，娶來的倘不與我連肚腸，反多了個做眼的，寧是趁早除了他，我雖不好嫁出家人，只兄妹往來，誰人禁得，這便可日長歲久了！」

「若必如此，那就該當官做。」

「怎計較？」

「此間開封官府，最重倫常，凡告著忤逆的，不打死也坐長牢，你如今只進一狀，告他不孝，好在是親出的，又不是前妻後娘，自然別無疑端，如此由官家打死最好，不則等他坐了監，再買通餓斃他……實在到底，你若真捨得，立意不要他活，官府無有不依娘的話的！」

「倘若小孽畜極了，豁出事情來……」

「做兒子的怎好執得娘奸，果然扯到話頭，你便指他汙口橫蔑，官府只道他撿詞抵辯，更斷定是真不孝了，你這決然可以放心。」

「日裡我叫他去上父墳，他反到觀裡來，只這件事便是不孝實跡，可夠坐他麼？」

「我與衙門人廝熟，你且籠著他莫露聲色，等我暗投文書，設法准了狀，差人徑來拿他時，你才出頭折證。」

「如此到底也好了……只是我兒死後，你凡百要像我意才是，倘有些歪斜，豈不枉送了親生兒子，我還有何靠傍？」

「要如何你才像意？」

「夜夜同睡，不得獨宿。」

「觀中還有別事，哪得夠每夜來得。」

「你沒工夫，分個徒弟來就是。」

開封府尹曹瞻退堂後，即喚個明快的便服公人來囑道：

「那婦人不論走近走遠，凡有同她說話者，你看仔細，何等模樣甚些言語，詳報勿誤。」

公人暗暗尾了楊氏而去，行近橋堍，見有道士從頂級快步下來：

「事怎麼了？」

「明日領屍！」

「誰個的屍？」

「冤家呀，不是小孽畜又是誰。」

「好了好了，好了……」

「要你替我買具棺材。」

「棺材不打緊，明日我自著人抬到府前來。」

公人回府密報曹府尹，確認紫雲觀梁妙修無疑。曹瞻聽罷，再著公人往章宅街坊密訪鄰居。

次日升堂，楊氏緊步進來稟道：

「昨承爺爺吩咐，棺木已備，小婦人來領不孝子屍骨。」

府尹道：

「你兒子昨夜打死了。」

楊氏伏地叩頭：

「多謝爺爺做主！」

府尹喝道：

「快抬棺木進來！」

公人提銬出堂，只見梁道士正在那裡指手畫腳點撥扛棺，便快步近去一把擒住，扭手落銬，再給他看府尹朱批的筆帖，推推搡搡押上堂來。

「梁妙修，你是道士，何故與人買棺木，又替雇工扛抬？」

「那婦人是小道的姑舅兄妹，央浼小道，所以權且幫襯。」

「虧你是舅舅，好幫襯殺外甥！」

「此是她家事，與小道無干。」

「既是親戚，她告狀時你卻不事調停，取棺木時你就出力有餘

——來哪，取夾棍來！」

道士在夾棍的三收三放下，一一從頭招了，紫雲觀知觀梁妙修因奸唆殺是實，府尹收訖親筆書供，隨叫放出在監的章達仁。

達仁出牢，經過庭前，觸目一具新棺木停在廊簷下，心想終不成今日當真要打死我，戰兢兢急忙上堂跪下。

「章達仁，你可認得紫雲觀道士梁妙修？」

「不認得。」

「是你仇人，怎得不知？」

達仁側目看去，只見梁道士歪倒堂角呻吟，剎那間不明就裡，只得叩頭道：

「爺爺神見，小的不敢說。」

府尹向跪在一旁的楊氏道：

「姓楊的婦人聽著，還你一個有屍骨的棺材！」

楊氏心想是則仍要做打兒子？

「把梁妙修拖翻，加力行杖！」

霎時皮開肉綻，看看氣絕，呼集幾個禁子，將來投入棺中，加蓋大釘敲了。

「楊氏曲護妖道，忍殺親子，有何臉面活現世，拿下去，著實打！」

皂隸似鷹抓雀，把楊氏向階下摔去，章達仁踉蹌撲過，橫伏娘背，連連高喊：

「小的代打小的代打！」

皂隸不好行杖，要將母子拽開，達仁緊吊娘身，大哭不放。

「楊氏聽著，本府看在你兒子份上，留你一命，此後且去學好，倘有差錯，定不饒你。」

「小婦人該死，負了親子，今後情願守著兒子治家度日，再不敢非為了。」

「你兒子是個成器的，吾正待褒揚。」

達仁叩頭連連：

「爺爺明鑑，顯母之失，彰兒之名，小的至死不敢！」

曹府尹撫鬚點頭，長歎一聲，退堂。

不久楊氏病故，達仁含哀將二親合葬既畢，轉眼孝滿了，曹府尹有意作媒，順心娶得一房媳婦，袁氏玉珍，嬌好賢慧，唱隨甚樂，家風肅然，越明年，生子取名春暉，產後奶水欠足，雇一村婦來補餒。袁氏過門之日，婆婆已死，雖有耳濡，初不詳情，那村婦桂香，家住紫雲觀鄰近，日常與女東人閒敘，盡將前案絮絮透出，袁氏聽了，只是噓唏，相歎天網恢恢，做人萬不可有苟且虧心事。

此時開封府尹曹瞻政譽日隆，治水有功，連年豐登，朝野稱頌，誥命進京刑部議事，臨行餞飲，召章達仁，栽培隨從入幕，達仁拜謝歡喜不迭，返家與袁氏商量，叮嚀了半夜，即速整裝待發。

自從丈夫上京，袁氏治家教子，愈加謹勤，孩兒斷乳後，桂香料理廚下，丫鬟二名侍候，嬌稚寧馨，牙牙學語，日子倒也十分清和，針線之餘，主僕所言，無非只等京府佳音傳來。

淳熙十三年正月十五，上元之日，北城居民，相約糾眾，在街坊寬處，啟建黃籙大醮一壇，聚觀者男女老少挨山塞海。

袁氏在房中耳聞樂音盈盈沸沸，也思出看，又覺不妥，孩兒吵著抱他去趕熱鬧，桂香自很腳底癢，連聲攛掇，道是百年難得一見的，袁氏心想愛子平時少有娛耍，單由奶娘帶出，不如自家一起領著為好，便梳妝更衣，囑咐丫鬟守候，火燭小心。

如此緩步近向醮壇，燈彩輝煌，香煙繚繞，禮請主壇的乃是紫雲觀的太素，領班的便是太清，見有女眷光臨，唱個肥喏，笑迎過來：

「小娘子請穩便，可到裡邊看看。」

袁氏正想退卻，那孩兒直向旌幡頁內撲去，一時掙扎下地，舉腳絆在太素的袍角上，摔倒驚哭，道士急忙傴身去攬，袁氏心疼兒子有損，搶前抱起，卻連道士的手夾抱在懷裡，頓時滿臉飛紅，慌張出壇，再也無心賞遊，命桂香背了春暉，急速返家。

且說紫雲觀自從梁妙修歿後，就算太素精幹出挑，雖嫌年輕，也就推作知觀，太清慣是連襠，商量著設章醮、建考召，合力敷衍門面事，漸漸老練，香火頗盛。初時鑑於師父的下場，二人尚知收斂，日子久了，不禁意馬心猿起來，每以作法行醫為名，弄些不伶不俐的勾當，那桂香，便是與太清相好有日的，是故在袁氏跟前道說楊氏先後，歷歷如當場目睹。

上元之夜，桂香原是想去會會太清，不料敗興而歸。過了幾日，桂香藉口回家換取春夏衣衫，便自去紫雲觀與太清偷情。

太素問道：

「你那家娘子姓甚的？」

「姓張姓李，與你何干？」

「問問何妨，將來也好稱喚。」

「這位娘子不多說笑，官人在京作事，家中從無男客上門，你別作夢最省心。」

「我祖師能作五里霧，且作五步，也夠那娘子受用，你若不信，今日不妨先試試？」

桂香本是癡意太素的，平時沒奈何，只得移情於太清，這日卻得太素兜搭，竟然償了夙願，弄得如醉如狂，允承了回去做手腳。

之後，桂香暗藏著太素授予的粉末，日日慣調入糖粥裡，殷勤餧飼春暉，不久孩兒面黃腹脹，晝夜啼哭，延醫灌藥，總無效益，袁氏一籌莫展，暗暗落淚，桂香道：

「城南城北的名醫也都請了，倒不如紫雲觀的知觀有仙氣，向來專治小兒毛病，若使請得法師來給小官人診一診，只怕三日五日也就大痊了。」

袁氏沉吟道：

「你與那知觀可熟，能請得到嗎？」

「熟也不熟，去求求情，想是可以的，出家人慈悲心，我近村沒有不道太素法師好的，年輕齊整，體貼出熱，待病家像是自家兄弟姊妹則個。」

一從太素來為春暉診過，桂香不再在糖粥內施粉末，孩兒日見起色，半月後蹦跳歌唱如常，袁氏心中十分感激，與桂香斟酌如何酬謝知觀。

「那太素法師行醫，向來不取分文，送去退回來，反使尷尬，倒不如超渡公婆做壇醮事，結算時封包重頭些，也就完了心願，只是大官人在外，娘子無多財力請道士專功，要說觀中附醮，自然省勁得多，起齋的那天，娘子親自去上香朝聖，醮成之日，再攜小官人去通誠接旨便全了。」

袁氏翻曆本折了個吉日，先遣桂香去和知觀訂妥，到那天早早起身梳妝，叮囑丫鬟好生照著小官人，自與桂香兩頂女轎直往紫雲觀來。

那太素太清道服鮮真地已在觀門口迎候，請進坐定，奉上香茗，禮數了一番，便導引去瞻仰三清聖像，隨見隨拜，轉轉不止。

桂香在行前一意催促，只說愈早愈顯虔心，到了觀中，太素太清沒問曾吃早飯未曾，袁氏嬌怯，空腹隨拜了一陣，但覺飢餓，不好啟口，忍了又忍，叫桂香過來，小聲道：

「你去看看廚下有無熱湯水，斟一碗來。」

太素連忙拱手相問：

「可是大娘未用早飯？」

「來得早了，實是未曾。」

桂香道：

「看我昏了頭，早飯辦不及，怎生處，把畫齋早些吧？」

袁氏餓急，只得直說道：

「隨分什麼點心，先吃些也好。」

太素謙遜了幾句，便命太清領桂香到灶下，托出一盤食物，一壺茶，擺上檯面，但見好些時鮮果子，都解不得飢，唯有熱騰騰的一碟米糕，便拈了上口，又香又甜，連吃了幾塊，呷過熱茶，又不覺吃起糕來，再想自己斟茶時，眼前霎時昏黑，身子作堆軟癱在椅上。

此糕是將糯米帶水磨粉，和勻酒漿，烘得極乾，再研細了，又下酒漿，如此三四度，攪入幾樣不按君臣的藥末，餢起成糕，一兌熱水，藥力酒性俱發，善飲者且當不起的。

及至袁氏甦醒，已是中計失身，無顏人世，恥念夫君，生也何用，轉憐春暉幼小，撇割不下，權心苦泣了半晌，只得恨聲喚來桂香痛罵，桂香先則認錯請罪，說著又賊忒臉嘻嘻，描摹出家男人的咄咄好處，發誓為袁氏排擋風險，便去拖了太素來跪在袁氏膝下，嗚嗚咽咽，再不起仰，袁氏見此光景，放聲大哭，桂香悄悄掩門而去，太素擁袁氏入懷，好說歹說，阿諛得回嗔作喜，盡力顛波，奇竅百出，看看日暮時分，方始兩下約定，三日後二更敲過，袁氏後門等候，太素風雨無阻。

且說章達仁在京見習僚職，極受恩公器重拔擢，此時曹瞻已正身尚書，部署初定，給假達仁回開封，迎娶眷屬入京安家。時方臘月，倥傯動身不及先報，水陸日夜兼程，得到祥符縣，眼看已入府界，歸心一發如劍，頂著朔風，策騎趲馳，抵達家前正敲三更，繫了馬匹急切叩門，卻寂無答應，便高喊起來。

這房的袁氏太素，那廂的桂香太清，倉皇披衣，計從後門出逃，詎料達仁敲前面不應，轉到後頭來叫喚，慌張中太素太清折回，鑽入了丫鬟床下，袁氏桂香邊整衣衫邊答應著奔去開門。

達仁進屋，見玉珍一臉驚怖之色，道是自己來得突兀，怔唬了嬌妻，也可憐見的，忙把京府得意事，先表個大略，旋即笑著嚷肚飢，招呼桂香速熱酒菜。

惝悚在床下的太素，竊聽到達仁朗朗而議徙家之計，便切齒定了主意，噓個尖音引得桂香來，這道士平日身備迷魂春興的丹丸，此時摸出塞與桂香，命下廚去調入酒中，桂香恐懼，太素道：

「又不是毒藥，由他快些醉了，我與太清好脫身，大家萬全！」

桂香心想，袁氏陪飲，兩人醉個泥爛，倒好先打發掉太清，留住太素酷做一番，豈不大妙。

耳聽堂上夫妻款洽說笑，漸漸含糊起來，少頃不聲響了。桂香出看，只見雙雙癱倒在地，太素從背後出來，捏住桂香的手道：

「堂上收捉乾淨，剩酒倒入陰溝，大桶水沖了，兩個丫頭要教好管緊，娘子醒來，對說那人永世不得回的，勸她拿定自己後路，切准今夜無人敲過門，四鄰遠宅，哪家知哪家的，這件事官府只會了結，風波一平，我就來安撫娘子，也總有你桂香的功勞，往後日腳長著哩。」

太素說罷，便與太清抬了達仁出去，橫搭在馬背上，牽了轠繩就走。

二道士束起袍幅，在昏黑寒流中繞小道，涉淺灘，上了高崗，此處算得一條本地人的捷徑，趕路往城北，每有貪近抄行的，其下亂石嶙峋，活人失足決無生理。二道士先將章達仁扔入深谷，又用石塊砸斷馬腿，合力推了下去，幾聲哀嘶，也靜息了。

回紫雲觀的路上，大雪紛紛揚揚，太素拍著太清的肩背道：

「天公作美，萬事大吉！」

「雪消了，難免發見，豈有不偵查的？」

「正要他考究偵查，才得明白此人雪夜趕程，馬失前蹄，墜谷摔死，顯見不是遭遇謀財害命，只為歸家心急，禍由自取，皇天后土，實所共鑑。」

太清扼腕道：

「倒是忘記搜一搜身，或有甚寶貨！」

「那你就短見了，遠行人豈有不帶銀錢官票的，若使掏個空，官府少不得要四出緝盜，難保不糾葛出亂子來，即便查不著，案子懸在應捕的肚角落裡，使人安不得枕，而今不動他一根毛，加上這場雪，到明朝蹤跡全泯，再沒紕漏的，你且坐著看臥著聽，等地方官查實具結報了上去，曹瞻將撥下一筆恤金來的，到那光景，不妨向娘子挪半數來，你我消受則個。」

話說宋孝宗英毅賢明，有治世才，幾度起師伐金，惜敗於符離，不久也就傳位光宗了。此時曹瞻老病歸養，道經開封，追思達仁，難以為懷，召得袁氏暨子去見，春暉已十齡，體貌言音酷似乃父，甚得曹恩公歡喜，以為孝子不匱，永錫爾類云云，感慨勉慰了一番，母子叩謝，領得賞物歸家。

春暉敏給早慧，雖未見家中有何異象，卻瞥及丫鬟浣洗桶內，時有男子大衣褲，心中疑雲密佈。

一夕，睡夢間聽得門閂咿呀，躍起出窺，有個人影侮手侮腳閃入娘的房中，春暉奔到堂前，把掛在門邊的銅鑼捽來，篩得一片價響，門口大喊捉賊，原來開封地方，遠離京都，近年盜賊滋生，官司立令每家門內各置警鑼，一家有賊，鳴鑼為號，十家集護，如有失責者，連坐賠償，最是嚴緊的，這時太素正在袁氏房中解衣脫鞋，忽聞鑼聲震耳，曉得壞事，披衣曳履奪門而逃，春暉怕娘的面上尷尬，也只呼跟追，無意揪捉，看看近了，擲出石頭打去，擊落葛履一隻，比及鄰舍趕上來問，只道賊已逃掉了，謝過眾人，回來把門關上，掛起銅鑼。

桂香和丫鬟都畏縮在袁氏身旁，春暉問道：

「方才趕賊，娘聽見了？」

袁氏沉著臉道：

「哪裡有賊，大驚小怪，擾得四鄰不安。」

「賊沒拿著，拿著一隻鞋在此，明日要認須可認得！」

太素自從受襲之後，守觀不出，心裡悶悶盤算，這春暉小子日長夜大，刁潑異常，若不早早翦除，必敗大事，那曹瞻已將對章達仁的一份心意，轉在春暉身上，只怕小子得個機會，透過幾句去，到時候再要下手就遲了，翻覆計較，決定循老法子，精心調製了損元斲本的無色毒粉，密囑桂香逐日將入羹湯內，專飼春暉，多則半年，少則三月，徐徐淬死，任你仵作高明，驗不出名堂，只道夭壽蔫折，說到袁氏這邊，畢竟婦人之見，雖已嘗到養兒如養虎的苦頭，還狠不下心，得過且過，冀圖兩面光，太素瞞了她，徑由桂香去斷這條禍根。

袁氏也在苦苦思量，兒子作梗，危機四伏，念之不寒而慄，無奈獨守孤眠，膏火自煎，愈加數起太素的種種奧妙處，只怕中斷久了，道士另有所歡，那就再也挽不回的。

某日春暉放學歸家，桂香端出一碗蓮心湯，春暉吃了幾顆，覺得怪味，吵著要別樣點心，桂香不許，強要他吃完，爭執間打翻碗盞，弄得春暉衣襟全汙，一時惱怒，抓把蓮子擲在桂香臉上，袁氏本來有氣沒處出，見此光景，批了兒子一巴掌。

春暉奔出家門，袁氏叫丫鬟追去，卻道影蹤全無，草草吃過夜飯，只是呆等，一更二更敲過，瓦簷雨溜聲響，袁氏與桂香打傘提了燈籠，街巷橋埠，各處尋叫，到得墳地，才聽見春暉蹲在亡夫的碑下幽幽地哭。

那夜之後，春暉惡寒發熱，便秘脾腫，臥床不起，延醫服藥，斷是傷寒症，袁氏憂恐，桂香卻以為春暉將死，欣欣然來與太素報訊，太素道：

「若是死在病上最好，若是看有起色，那小子將嚷嚷索食，你備得肉餡的糯米糰在，給他幾個吃，便太平了。」

「糰子裡要進末末麼？」

「千萬裹不得！」

「那他身子好起來，又要敲鑼打鼓了？」

「指望他自家病死，果真逃出傷害關，你務必照我的話做去，糯米糰且要冷著的，再有他老子的陰靈保佑，也難逃我這太上老君關！」

一月過後，春暉熱退神清，便溺如常，只是十分消瘦，脫落許多頭髮，虛弱不能起床，袁氏遵醫囑，限他薄粥爛麵，桂香暗中買了肉糰，趁病人叫餓，悄悄塞給了，接連吃下兩個。翌日早晨，袁氏啟帳探看，春暉唇舌焦黑，渾身火燙，昏迷已有半夜，挨到晌午，泄瀉全是紫血，日晚斷氣，醫家會診都判傷寒回頭，天命如此。

殯葬後的當夜，太素袍履嚴整地大步進門，寬衣坐定，便把他的神機妙算閒閒道出，從來所謂「餓不死的傷寒症」，此病最忌臨痊之際吃下難消之物，腹炎腸穿，任你天醫神農也救不得的，桂香聽了，合掌連讚法師大有講究，袁氏頷首無言，轉背坐在床沿落下幾滴眼淚，事情也就這樣過去，到後半夜，剔亮床頭油盞，商量往後長久之計，說做就做，事不宜遲。

章門絕了宗嗣，袁氏自稱夫歿子亡，絕意紅塵，矢志性命雙修，所謂「將欲無陵，固守一德」，標賣房產宅基，購得紫雲觀西幾畝地，起造青風閣，儼然黃冠，道號玉真，自己作閣主，二丫鬟忝為道姑，都一色是出家方外人了，桂香隨去做齋食，跑外場，密為心腹，使些銀錢物事，籠絡著她身輩上的鄉親族黨，眾口交譽青風閣好閣風，那玉真道姑向太素法師學了些乾坤坎離，鉛汞黃白，居然行持符籙，調煉丹散，引動官府內眷，常蒞青風閣奉真瞻禮，四季香火不斷，地方縉紳士，旌表袁氏節義，旌賚有加，把閣子內外整飭得仙境似的，遠遠望去，「青風」、「紫雲」相連，好一派修真沖虛氣象。

此時皓月中天，松柏深處，雲房燈明，太素正與太清醺醺然飲酒共話：

「想當年梁妙修公堂杖死的前一夜，我夢見老君，口稱『你師父道行日高，將予他一個官做，你等可與他領了』，誰知後來府中叫去領棺木。」

「怪哉，昨夜我也夢見老君口稱『你師兄道行日高，將予他一個官做』……」

「少來嚼舌，曹瞻早已歸西，就使還陽轉世，也奈何我不得，除非他在陰間封了閻羅王發勾票來。」

如此說著時，青風閣主已行來窗下曼聲相呼，太素向太清皺鼻子，也不出去迎接，要知袁玉珍已遭冷落，自有年少美婦供奉著大法師，太素以行醫設醮為腳路，勾引招惹，不知其數，袁氏自知年老色衰，軟求硬爭，惶惶不可終日，太素煩厭得火起，斜詈直罵，吵到袁氏服毒，太素強行灌水將解救過來，猶道：

「要尋死也該尋在吃了糕的那日子，倒也好得個牌坊，如今我冒風險為你除掉一大一小，你就太太平平活著，才是道理，別再興風作浪，壞了三清名聲。」

某日有府丞寶眷著員來約期青風閣設醮，袁主閣允承停當，到得前夕，獨自關在房中暗泣，半夜燭熄，投環懸樑，悄無聲息，平明，官眷一行轎馬駢至，桂香不見主閣出迎，二道姑慌於應對，三人齊來叫喚，亂槌房門，官眷知有異故，即命隨從差役破門而入，睹狀大駭，解落屍身，襟口飄下一紙，密密寫著半生惡孽，恥存人世，抱恨終天，其間歷呈太素桂香太清同謀關節，指誓不誣，人神共誅……

從此紫雲觀青風閣廢棄無主，漸漸頹圮，徒有松柏茂盛，數十年後蔚成大樹林，觀閣舊址，蔓草葉生，說也奇怪，那林中連一塊整磚一片全瓦也找不到了的。

後記

中國的小說，萌芽早而成熟遲，凡有名且廣傳的故事，都被甲寫了又被乙寫，例如李公佐詳夢一節，唐《傳奇》有之，宋《太平廣記》有之，明王夫之的《龍舟會》又涉及，淩濛初更其氾濫停蓄了這宗素材。再例如《拍案驚奇》卷十八的「丹客」，倒溯淵源，則《今古奇觀》、《古今譚概》、《智囊補》、《剪桐載筆》，都可謂根蒂臍帶——一個故事之所以被寫了又寫，大抵源於每代作者總認為前代作者尚未將故事表陳好，或不夠味，或不夠透，就像「故事」真有個本來面目可還似的，你還了，不能算數，我也要還一還，這樣，代代下來，愈還愈像樣的確是不少，還得面目全非的卻也很多。

可以藉古諷今，可以藉今諷古，因為世上不外乎這樣的人，這樣的事。「人」和「事」一入文學，再今，也古了，而古被今看著時，再古，也今將起來。

〈大宋母儀〉的現代性，在於「同一種罪孽，接連兩次發生在一個家庭裡」，那麼審判和報應沒有懲戒和教訓的作用，這樣的象徵性就大到了整部人類文明史，代代眾生所犯的都是前輩已一再犯過的錯誤。惡在繼續，日光之下無新事。這樣的概念、觀念，就不是凌濛初他們所能意識到了。

本篇情節、文字，全取《二拍》卷十三正章，如果兩者逐句對照看著，自可明取、捨、改、添之所為何事。幸甚。

附錄

誅梟記

正德年間，松江府城，殷戶嚴永樂，世代清白，夫妻和美，三十歲上膝下猶虛，各處求神拜佛，遍許偌多隆重香願，一夕，嚴娘子夢見雪地桃紅，此後便覺眉低眼慢，果然有了身孕，十月既滿，產下一男，煞是白胖可愛，萬事都不要緊，只盼他易長易大，到得三歲，出起痘來，急壞了爹娘，通宵無寐，重金延請名醫，待及痘花回好，更比黑夜裡拾著了明珠還要歡喜萬倍。

孩兒六七歲，聘一位老成塾師，取學名喚作亦斌，斌者彬也，文質俱備，那為父的巴望愛子是個文武全才。先習《神童》、《千家詩》，怕辛苦了，每日讀不上幾句，便傳回來孛相吃果子，亦斌也善裝病佯疾，三日兩頭不進書房，先生看慣這光景，一任主人家措置。

過了半年三個月，媒婆上門議親，卻是一家宦戶，鄭老爺曾任太守，故世已有多年，嚴永樂要攀高，促媒婆求個口帖，選定吉日，極隆重的下了一副謝允禮。

亦斌挨到十四歲上才讀完經書，十五六歲免不得教他試筆作文，際此，嚴永樂算算家私已弄個七八了，為的兒子成就，不惜告貸，重幣請來一位飽學秀才，每年束脩五十金，節儀、供膳之盛自不必說，亦斌十日九不在書房，西席落得吃自在飯，轉眼又過了一個年頭，正值文宗考童生，嚴永樂便命兒子赴考，沒張沒致替他鑽刺乞人情，自折去好些銀子。

考事過後，思量為亦斌畢姻，手頭委實窘迫了，只得央中寫契，借到俞上戶紋銀四百兩，便備辦禮品，擇日納采，訂妥吉期，兩月後，眼見好日將臨，就欠接親之費，嚴永樂東挪西湊，還不夠支派，再由汪庭榮往緒員外家借來六十金，到底可以發迎會親了，那邊鄭公子送妹過門，這邊男家殷勤謙恭，吃了五七日筵席，方才散去。

小夫妻恩愛非常，在間壁的院裡快活度日，鄭家女子百般好，只見恃貴矜高，公婆兩字看得小小，嫁資是豐厚的，少說也有三千金財物，鄭氏收斂攢積，沒一些放空，做公婆的供養兒媳唯恐缺失，日日價經心著意，總被嫌短嫌長勿像意，巴結了三年，嚴老娘害痰火病一日重一日，把家事托與媳婦掌管，鄭氏承當之後，初時還有分寸，半年荏苒，日漸要茶不茶要飯不飯，老夫婦受淡不過，只得開口討些，鄭氏道：

「有甚大家私交割與我，倒要金衣玉食來了？」

婆婆可是個宿病之人，聽見這等聲響，自思不比三年前了，幾畝田產只好給債主做利，箱籠中的衣飾，對付不時之需已抵過七八，嚴媽媽也是受用慣來的，今日休說外來，嫡親兒媳尚且不到床前省親一眼，每日三餐就是幾碗粗麵，愈想愈絕，痰喘劇發，撒手西去了。

嚴永樂頓足搥胸哭了一場，走到間壁對兒子道：

「你娘今日死了，可念母子情份，買口好棺材成殮，後日擇塊墳地殯葬，也盡了你兒子的心！」

亦斌道：

「我哪有錢買棺？不說好的買不起，便是雜木的也要二三兩一具，前村李作頭家有口薄皮，何不去賒了來，再做理會。」

嚴永樂含著眼淚向前村踽踽走去。

亦斌進來對鄭氏道：

「我家老頭一發不知進退，對我討好棺木盛老娘，我叫他且到李作頭那裡賒口輕敲的，明日再還價……」

鄭氏接口道：

「哪個還價？」

「便是我們省了頭疼，替他胡亂還些吧。」

鄭氏怒道：

「你自還去，我不兜攬，鬆一次，就有十次。」

隨後，嚴永樂雇了腳夫抬棺材來斂了亡妻，停柩在家，兒媳也不來守靈也不供羹飯，夜間只聽得老人一個子嗬嗬地哭。

兩七過後，李作頭來村討棺銀，嚴永樂指指隔壁，李作頭會意，轉身過院。

「官人家賒了小人棺木一口，快半個月了，請賜價銀則個！」

亦斌道：

「真正白日見鬼，前日哪個賒棺材，便與哪個討。」

「你家老官來賒的，方才他叫我來與官人討。」

「好沒廉恥，如何圖賴得人！」嚴亦斌背叉著手，自進內堂去了。

李作頭轉來，見嚴永樂老淚縱橫，知他已聽得了，便道：

「銀子沒有，隨分什麼東西拿兩件與小人也好。」

嚴永樂急急取出三件冬衣、一根銀鍊子，事體總算過去。

忽又過了七七四十九天，想想還是只有向兒子商量：

「我要和你娘尋塊墳地，你可主張主張？」

「我又不是地理師，曉得什麼，就是尋著，人家肯白送，依我說時，送去東頭燒化了穩當。」

嚴永樂心下思量，媽媽正經勤儉了一世，豈有死無葬身之所，當夜翻箱倒籠，掏得兩襲皮質一只金釵，典了六根銀子，四兩買三分地，餘二兩請四個和尚做些功果，著人扛去埋葬了，燒過黃紙錫箔，回來時，嚴永樂覺得一生的氣力都已用完。

寒冬天道，實在冷徹骨，添了斤絲棉，向店家講定隔兩天付錢，嚴永樂拿了件夏衫對兒子道：

「這東西，你要便買下，不要，便當幾個錢與我。」

「冬天買夏衣？放著它，日後怕不是我的？」

亦斌來對妻說，鄭氏道：

「卻是你呆了，他見你不要，必去當鋪敗了，你該拿下，胡亂給幾錢，總是便宜。」

亦斌又過院，走近道：

「方才衣服，七錢銀子便罷。」

鄭氏看了，叫亦斌將四錢去，並寫一紙短押，限五月沒——嚴永樂面色紫脹，把紙扯個粉碎。

翌日晨起，只見汪庭榮上門，開口即道：

「嚴老莫見怪，我這來是為褚員外的六十兩頭，雖則利是年年清的，卻是些貸錢折合，總不爽氣，今番他家要本利全償，小人已無話回他，你老撐撐筋骨，了掉這一項罷，也省多少口舌。」

嚴永樂搖頭歎道：

「當初要為兒子做親，負下這幾主重債，年年增利，囊橐已空，照說是他身背上的事，爭奈夫妻兩個絲毫不肯鬆動，便是老夫口食，也愈不周全了，汪兄再作方便，善為我辭，寬限幾時才好……」

汪庭榮變臉道：

「嚴老說哪裡話，我姓汪的拿幾個中人錢，饞唾都拌乾了，你不知褚家上我門來，動不動就坐催，你倒還有這般懈話，當初為兒子做親，便和兒子騰挪，我如今不好去回話，只也坐在這裡看罷。」

「汪兄見教極是，容老夫與小兒商量，汪兄暫請回步，來早定當覆命。」

「是則是了，卻怕我轉背，不可就道過關了！」

汪庭榮甩手甩腳，也不作別，竟自走去。

嚴永樂要一步不要一步地踱過院來，只見鬧盈盈的，炊煙肉香宛如慶節，問是甚事，原來鄭家大公子省妹——嚴永樂垂頭莫對，悄然回身，心裡不禁想，今日宴客，為父的也當帶挈帶挈，且看有何光景，少頃只見端來的飯菜，與平時無異，喉嚨頓時收蹙，那廂，嚴亦斌與鄭公子吃了一日酒，不好去唐突，只得躺在床上歎氣。

次晨急於過院，兒子猶未起身，立在簷下靜等個把時辰……

「大清老早，又有什麼花頭景？」

嚴永樂一驚，轉身賠笑道：

「這時候也不早了，有句緊要話，只怕你不依！」

「依不得，不必說，什麼依不依。」

嚴永樂囁嚅道：

「那日子你做親時，曾借下褚家六十兩銀子，利錢我是一直在清，今年要連本還了，我怎的來得及，本錢料是不能夠，只好依舊上利，眼前我身無分文，別樣我也不該對你來說，卻是為你辦的事，只得與你挪借些，你看……」

亦斌好像很開心地攤著手道：

「這倒不是笑話麼，原來人家討媳婦都是兒子自己出錢，等我去各處問一問，若是此，我便加利奉還。」

「不說要你還，只目前挪借些個。」

「有甚挪借不挪借，果真後日有得還，那人家也不是這般討得緊了，昨日鄭家阿舅有盒禮銀五錢在此，待我去問媳婦，肯時，將去做個東道請請中人，再挨幾時便了。」

「五錢銀幹甚用，與媳婦商量，水中撈月。」兒子進房，不見出來，只得快快回轉，望見汪庭榮已坐在那裡，欲待閃匿，已聞聲傳來：

「昨日所約怎的了，褚家又三五替人我家來！」

嚴永樂一臉羞慚，兩手顫抖……

「我家少爺分毫不肯通融，本錢實有難處，除非再尋些物事，准過今年利息，再容老夫徐圖……」

說著不覺雙膝屈了下去，汪庭榮歪轉頭臉，伸手扶起嚴老道：

「怎的這樣，怎的這樣，既有貨物抵得過，且將去作數，做我不著，硬硬回他再緩幾時。」

便將亡妻僅剩的衣飾，連同自己的幾件直身，盡數將出來，汪庭榮寬打料帳，結勾了二分起息合十六兩之數，連箱子掮了去。隔兩天，汪庭榮又現身，為俞上戶的四百兩，利錢一發重大，嚴永樂只得詭詐道：

「已和我兒子借了兩個元寶在此，還將去銷了才好支使，且請回步，來早拜上。」

汪庭榮素知嚴永樂誠實，也不怕他遁逃。

嚴永樂明知這疤疽要出膿，賴過寅時賴不過卯時，活逼自己踱到兒子面前，聲道：

「適才汪庭榮又來索俞家的利錢，我如今只剩下一條命了，你可憐見我總是生身父母，救我一救罷！」

亦斌瞪眼道：

「沒事又編派這些話來恐唬人，我不怕的！」

嚴永樂扯住兒子的衣襟，傴身嚎啕大哭，驚擾四鄰來勸，亦斌脫身不見了。

入夜，鄭氏特命廚下做出時鮮好菜，為夫君消氣解悶，燈下開樽對飲，隔院傳來一聲聲號哭，亦斌示意送飯過去探聽虛實，鄭氏道：

「死人還會嗥叫麼，別理睬，餓夠了自會過來討。」

亦斌心想，果真了結，自也清淨，只怕褚俞二姓不肯囫圇勾銷，這多年來，全虧鄭氏精明盤剝，財貲積得在城南可稱首富，難免背地裡有人覬覦暗弄訟……左思右想，三更敲過，還躁熱睡不去，忽聞悉卒之聲，似是有人躡近……房門輕輕開了，亦斌想叫喊而悄然卸身落地，從床下摸得檀棍在手，眼看那人影進來，移至箱櫃角落，便一躍而起，舉棍猛擊，人影應聲倒仆，鄭氏驚醒，亦斌道：

「別怕，賊已打中了！」

燃明燈火，恐有賊夥應合，先叫破了鄰舍，多有人披衣持械趕來，只見牆門左側老大一個壁洞。

「打死的賊，在房裡！」

眾人擁進去看，果見一個瘦身橫在地上，顱殼碎裂，紅白模糊，有眼尖的叫道：

「這可不是嚴老麼？」

「是也是的，卻為甚做賊，自家偷自家？」

嚴亦斌夫妻到這時刻不由得不呆了，一頭假哭，一頭分說道：

「實在不知是我家老頭呀，只認是賊，故此打了，看這牆洞，須知不是我……」

眾鄰道：

「你夜間不分皂白，自也難怪，只是事體重大，當要報官！」

知縣質明緣故，相驗了屍首，斷道：

「以子弒父，該問十惡重罪。」

旁邊出來一個承行孔目，稟道：

「嚴亦斌夤夜拒盜，勿知是父，不宜坐大辟。」

地方里鄰也隨著說話。

知縣提筆判道：

「嚴亦斌殺賊可恕，不孝當誅，子有財，而使父貧為盜，不孝極矣，死何免焉。」

當堂拖翻，重笞四十，上了死囚枷，收入深牢，鄭氏只好日日遣人送飯，多使銀子打點，幾次來探監，惹染牢瘟，不一個月，死了，家丁散盡，三天沒送飯，嚴亦斌餓斃牢中。

注：是篇亦出於《二拍》，附錄於此，以昭彰人心惡毒之酷烈，歎為觀止而不能止。

木心作品集

愛默生家的惡客

作　　者　木　心
總 編 輯　初安民
責任編輯　何宇洋　施淑清
美術編輯　黃昶憲　林麗華
校　　對　何宇洋

發 行 人　張書銘
出　　版　INK 印刻文學生活雜誌出版股份有限公司
新北市中和區建一路249號8樓
電話：02-22281626
傳真：02-22281598
e-mail：ink.book@msa.hinet.net
網　　址　舒讀網http：//www.sudu.cc

法律顧問　巨鼎博達法律事務所
施竣中律師
總 代 理　成陽出版股份有限公司
電　　話　03-3589000（代表號）
傳　　真　03-3556521
郵政劃撥　19000691印刻文學生活雜誌出版股份有限公司
印　　刷　海王印刷事業股份有限公司

港澳總經銷　泛華發行代理有限公司
地　　址　香港新界將軍澳工業邨駿昌街7號2樓
電　　話　(852) 2798 2220
傳　　真　(852) 2796 5471
網　　址　www.gccd.com.hk

出版日期　2012年8月　初版
2018年9月25日　初版二刷
定　　價　230元
ISBN　978-986-5933-22-7

國家圖書館出版品預行編目資料

愛默生家的惡客／木心 著；
--初版, --新北市中和區：INK印刻文學,
2012. 08　面；　公分.
ISBN　978-986-5933-22-7（平裝）
855　　101010561